Selbstliebe lernen

Entdecke deine Innere Kraft & stoppe negative Gedanken für volle Potentialentfaltung und mehr Lebensfreude.

W0390336

Birgit Policarpo und Regina Dieterle

Inhaltsverzeichnis

Ziel des Buches 1

Lebensbuch 4

Was du noch wissen solltest, bevor du mit den 5 Schritten beginnst 7

1. Schritt 11

1.1. Erkenne deine momentane Situation - Gestalte dein Lebensbuch 11

1.2. Blockaden, Prägungen und negative Glaubenssätze - wie sie dich unbewusst beeinflussen 19

1.3. Ängste und Sorgen - Warum sind sie da? 27

1.4. Selbstzweifel - Warum er dich klein hält 38

1.5. Schuldgefühle - Halten dich ab, authentisch zu sein 46

2. Schritt 52

2.1. Gedanken erschaffen Gefühle 53

2.2. Du kannst dich jetzt für ein glückliches Leben entscheiden 61

2.3. Wie du Verantwortung für dich selbst übernimmst 68

2.4. Denken - Fühlen - Handeln - es gehört zusammen und bildet eine Einheit 78

3. Schritt 86

3.1. Selbstreflexion - Du erkennst dein wahres Selbst 88

3.2. Du bist Gestalter deines Lebens! 96

3.3. Bedürfnisse - Du erkennst, was du wirklich willst und brauchst 103

3.4. Achtsamkeit - Willkommen im Leben 113

4. Schritt 118

4.1. Selbstliebe - Dein ganz natürlicher Ursprung! 120

4.2. Deine Innere Kraft leben - Den Mut zu haben, du selbst zu sein 128

4.3. Potentialentfaltung - Öffne die Tür in dein Glück! 136

4.4. Berufung - Werde zu dem, was dein Herz berührt! 146

5. Schritt 155

5.1. Auf der Zielgeraden - neue Gewohnheiten leben! 156

5.2. Gemeinschaft -Verbundenheit - Die Zeit der Einzelkämpfer ist vorbei 165

5.3. Sicher ans Ziel - Dein ultimativer Motivationsplan für jede Lebenssituation! 174

5.4. Was du jetzt noch brauchst, um deine 100 % Lebensglück zu leben 180

6. Danksagung 186

6.1. Birgit 186

6.2. Regina 188

6.3. Gemeinsame Danksagung 189

7. Über uns 190

Ziel des Buches

Wenn du dieses Buch bis zum Ende gelesen hast, wirst du erfahren, wie du ohne Anstrengung deine negativen Gedanken stoppen kannst, um endlich in deine Selbstliebe zu kommen, deine Potentiale zu öffnen und deine Berufung zu leben. Wir geben dir einen klaren Fahrplan an die Hand: Unsere 5 Schritte, um aus alten Gewohnheiten auszubrechen und zu erkennen, dass die Lebensfreude bereits in dir ist! Dieses Buch soll dich motivieren, mit Spaß und Freude deine 5 Schritte zu gehen. Du lernst, wie du deine innere Kraft entfalten und endlich wieder du selber sein kannst!

Dieses Buch richtet sich an alle Menschen, die den Wunsch haben, mit Leichtigkeit ihre negativen Gedanken endlich zu stoppen und ihr ganz persönliches Lebensglück zu leben! Wir möchten dich mitnehmen auf eine Reise in ein selbstbestimmtes Leben, indem du wieder ganz du selbst sein kannst und jeden Morgen mit einem Lächeln in den Tag startest!

Dieses Buch ist genau das Richtige für dich, wenn du folgende Fragen mit „Ja" beantworten kannst:

- Dein Gedankenkarussell dreht sich permanent in dir und du willst deine negativen Gedanken endlich stoppen?
- Du wünschst dir eine Möglichkeit, wie du deine negativen Glaubenssätze und Blockaden lösen kannst?
- Du sehnst dich nach purer Lebensfreude, weil du merkst, es macht alles so keinen Sinn?
- Du steckst in Selbstzweifel fest und willst dich endlich wieder aus tiefstem Herzen selbst lieben?
- Du willst dein Ziel mit einem klaren Fahrplan zur Umsetzung schneller erreichen?
- Du willst dein Potential öffnen, deine wahre Berufung finden und auch leben?
- Du fühlst dich erschöpft und weißt nicht, wie du deine innere Kraft entfalten sollst?

Dann lass uns diese Reise gemeinsam antreten! Nimm so viel aus diesem Buch mit, wie du kannst und profitiere von unseren Erfahrungen. Wir sind diesen Weg bereits gegangen und möchten unsere Erfahrungen mit dir teilen. Leg los, starte jetzt und komm mit!

Lass dein Leben nicht länger warten!

Lebensbuch

Wir haben für dich ein einzigartiges Lebensbuch erstellt. Du kannst es als eine Art Workbook betrachten. Dieses Lebensbuch begleitet dich durch die ganzen 5 Schritte. Wir möchten dir damit eine Möglichkeit bieten, deine ganz eigene Erfolgsgeschichte zu schreiben. Warum? Aufschreiben bewirkt Bewusstwerdung. Du wirst dir schneller und einfacher bewusst, was gerade in dir vorgeht. Du lernst dich kennen und verstehst viele Prozesse. Du merkst, dass du einfach großartig bist! Hast du das schon gewusst?

Das absolute Highlight an deinem ganz persönlichen Lebensbuch ist, dass du es jederzeit verändern und ergänzen kannst. Du kannst deine eigene Geschichte zu jederzeit verändern. Teilnehmer aus unseren Coachings und Seminaren berichten uns regelmäßig, dass das Lebensbuch für sie ein ultimatives Hilfsmittel ist, um ihre eigenen Grenzen zu sprengen und Gewohnheiten zu verändern. Du hast dein Leben dann schwarz auf weiß vor dir liegen.

Die 5 Schritte in diesem Buch leiten dich durch dein Lebensbuch hindurch. Wir erklären dir ganz genau, wie du deine Schritte setzen kannst. Natürlich liegt es letztlich an dir, was du aufschreibst. Aber wir können dir versichern, je intensiver du dein eigenes Lebensbuch für dich nutzt und es füllst, je mehr kommst du in Kontakt mit dir selbst und entdeckst, wer du in Wahrheit bist. Dein Lebensbuch bietet dir eine klare Anleitung, so dass du dich nicht mehr verzettelst. Vielleicht hast du schon oft versucht, etwas zu verändern und es hat nie so richtig geklappt? Schriftlich festgehaltene Ziele werden leichter erreicht, motivieren dich, dran zu bleiben und du verplemperst keine Zeit durch Umwege. Gehe direkt auf dein Ziel zu. Mach dir an dieser Stelle ganz bewusst: Du tust das nur für dich. Dein Lebensbuch ist dein Schatz. Ganz persönlich, individuell und einzigartig. Es ist viel Platz darin für alles, was dich bewegt. Tauche ein in die wunderbare Welt deines Lebens!

Hier kannst du dir dein kostenfreies Lebensbuch herunterladen:

https://lebe-lebensfreude.com/lebensbuch/

Was du noch wissen solltest, bevor du mit den 5 Schritten beginnst

Bist du auch jemand, der gerne die Einleitung vom Buch überspringt, weil er so motiviert und interessiert ist, dass er gleich mit dem Inhalt loslegen will? Wir kennen dieses Gefühl und doch ist es enorm wichtig für dich, ein paar Informationen vorab zu bekommen, damit du den maximalen Nutzen aus dem Buch ziehen kannst. Wir erleben gerade einen tiefgreifenden Wandel unserer Zeit. Jeder einzelne Mensch ist auf seine ganz persönliche und individuelle Weise damit konfrontiert. In unseren Coachings und Seminaren erleben wir Menschen, die in negativen Gedankenspiralen verharren und nicht wissen, was die Zukunft bringt. Das macht Angst! Gleichzeitig spüren viele Menschen, dass sie neue Wege gehen wollen. Das alte Leben macht sie so nicht mehr glücklich. Tiefgreifende Veränderungen machen auch vor Familie, Freunden, Beziehungen und Beruf keinen Halt. Alte Strukturen brechen zusammen und auch wenn wir geglaubt haben, alles wird wieder so, wie es war, erkennen wir jeden Tag mehr, dass eine große Veränderung weltweit im Gange ist, vor der wir nicht Halt machen können. Wir stehen mittendrin! Jeder Einzelne von uns!

Wie geht es Dir in dieser bewegenden Zeit? Wir wissen, dass diese Zeit auch ein enormer Gewinn sein kann für jeden Menschen, der sich dafür entscheidet. Wandel muss nicht negativ sein und ist eine Chance für jeden, der sich dafür öffnet.

„Wir können den Wind nicht ändern, aber die Segel anders setzen!"

-Aristoteles

Wenn Du Dich jetzt angesprochen fühlst, kannst Du sofort damit anfangen, diese globalen Veränderungen als Initiative für Dich selbst zu nutzen. Wenn einer anfängt, kann eine Kettenreaktion entstehen.

„Warte nicht darauf, dass die Menschen Dich anlächeln... Zeige ihnen wie es geht!"

Pippi Langstrumpf

Wir haben die Chance genutzt und uns entschieden, unsere Kräfte zu bündeln! Unsere Vision: Wir bewegen Menschen dazu, ihre inneren Türen zu öffnen, um ihr eigenes Potential zu entfalten, ihre Berufung zu leben und voller Kraft zu sich selbst zu stehen. Aus unseren Erfahrungen heraus wissen wir, dass Gedanken der Ursprung von allem sind. Je mehr du verstehst, woher deine negativen Gedanken kommen und wie du sie stoppen kannst, je mehr kannst du lernen, dich selbst zu lieben. Vielleicht hast du schon oft versucht, dein Leben zu verändern und dein innerer Schweinehund hat dich immer wieder in deine alten Muster gelenkt. In diesem Buch setzen wir die Segel, springen auf die Welle auf und stellen unser inneres Navi auf neue Kraft gewinnen, Potenzialentfaltung, Berufung und Selbstliebe ein. Es gibt viel Raum für dich und gezielte Aufgaben, um deine ganz persönliche Lebenssituation zu reflektieren. Dein ganz persönliches Coaching! Wir erzählen Geschichten, die wir aus unseren Coachings und Seminaren kennen, haben jedoch die Namen der Personen geändert. In diesem Zusammenhang möchten wir gerne noch erwähnen, wenn du tiefsitzende Ängste hast, zögere nicht, dir die für dich richtige Hilfe zu holen.

Wir freuen uns jetzt, mit dir in dein Abenteuer zu starten, die Reise in dein persönliches Glück!

1. Schritt

1.1. Erkenne deine momentane Situation - Gestalte dein Lebensbuch

Eines Tages kam Tanja in unser Coaching. Tanja ist 35 Jahre alt. Sie arbeitet als Bürokauffrau in einem großen Unternehmen. In ihrer Abteilung arbeiten 15 Personen, sowohl Männer als auch Frauen. Sie kommt herein und sieht müde und traurig aus. Sie erzählt uns, dass sie seit einiger Zeit morgens aufwacht und sich nicht mehr auf den Tag freuen kann. Ihre Arbeit kommt ihr sinnlos vor und sie fragt sich, was eigentlich mit ihr los ist! Ihre Arbeitskollegen unterhalten sich miteinander, haben Spaß und tauschen sich aus. Tanja fühlt sich außen vor. Sie fühlt sich nicht mehr dazugehörig. Sie fragt sich oft: „Warum mögen mich die anderen nicht? Was stimmt mit mir nicht?" Sie kommt abends von der Arbeit nach Hause und fühlt sich total erschöpft. Sie denkt an ihren Ex-Freund, der sie vor kurzem verlassen hat. Sie geht zum Kühlschrank, sucht sich was zu essen und setzt sich vor den Fernseher. Und das, tut sie jeden Tag!

Kennst du diese oder ähnliche Situationen in deinem Leben? Wie ist das bei dir, wenn du morgens aufwachst? Kommen dir ähnliche Gedanken, wie Tanja sie hat? „Was ist eigentlich mit mir los?" Oder fühlt sich morgens das Aufstehen schon schwer und anstrengend an, weil du weißt, dass heute ein Tag vor dir liegt, wie jeder andere, an dem du einfach nicht du selbst sein kannst. Dein Gedankenkarussell dreht sich unaufhaltsam immer weiter im Kreis und du fragst dich „Was habe ich falsch gemacht?" Du hast Probleme im Schlaf gewälzt und deine Gedanken einfach nicht stoppen können. Du sehnst dich danach, einfach abzuschalten, dich zu entspannen und nicht mehr zu denken. Die ständigen negativen Gedanken sind anstrengend und kosten dich viel Kraft. Macht das alles überhaupt Sinn? Deine Gedanken sind sehr mächtig und beeinflussen, wie du dich fühlst, wie du dich verhältst und welche Entscheidungen du in deinem Leben triffst. Sie entscheiden darüber, ob du glücklich bist, dein Leben authentisch leben kannst oder deiner Berufung folgst. Letztlich kannst du über deine Gedanken, die du über dich und die Welt denkst, erkennen, wie sehr du dich wirklich liebst! Da jedoch die Gedanken zu 98 % unbewusst in dir verankert sind, hast du keinen bewussten Zugang zu deinen Gedanken und dadurch entstehende Verhaltensmuster. Solange deine Gedanken unbewusst wie ein Programm in dir ablaufen, hast du keinen Einfluss auf dein Leben. Negative Gedanken sind das Ergebnis deiner Prägungen und die Art und Weise, wie du die Welt wahrnimmst und bewertest. Du identifizierst dich so sehr mit ihnen, dass du glaubst, sie sind wahr. Das hat jedoch in den meisten Fällen nichts mit deiner realen Situation zu tun. Glaube nicht alles, was du denkst.

So wie bei Tanja. Sie glaubt, dass ihre Arbeitskollegen sie nicht mögen. Stimmt das wirklich? Oder ist es nur ein unbewusster Glaubenssatz, der sich zeigt? Zum Beispiel: Ich bin nicht liebenswert! Dieser Glaubenssatz lässt Tanja fühlen, dass sie außen vor ist und sie zieht sich zurück. Ein Verhaltensmuster, das sich schon so oft in ihrem Leben wiederholt hat. Gibt es nun eine Möglichkeit, diese negativen Gedanken zu stoppen und in positive Gedanken umzuwandeln? Wenn ja, wie kann das gehen?

Aus unserer Erfahrung heraus haben wir erkannt, dass es nicht nur darum geht, einfach negative Gedanken im Kopf in positive zu drehen, du würdest sie eh nicht glauben und sie dir nur erdenken. Stelle dir vor: Du hast finanzielle Probleme und deine Gedanken erzählen dir, „Wie soll ich nur die nächsten Rechnungen bezahlen. Ich habe kein Geld." Du drehst diesen Gedanken in dir, weil du positiv denken willst. Du sagst dir „Ich habe genug Geld, um meine Rechnungen zu bezahlen." Glaubst du das dann wirklich? Wir wissen, dass es tiefes Verständnis und die Verbindung mit der Liebe in dir Selbst braucht, damit du die Fülle in dir öffnen kannst. Dann entsteht ein Vertrauen in dir. Du verbindest dich mit dem Fluss des Lebens.

Es gibt eine großartige Möglichkeit, wie du diesen Weg sicher und ohne Umwege gehen kannst: Gestalte dein ganz persönliches Lebensbuch!

Jeder Mensch ist einzigartig und schreibt deshalb seine ganz eigene persönliche Geschichte! Das Buch entsteht, weil du mit jedem deiner Schritte Erfahrungen sammelst und erkennst, wo du stehst. Durch das Aufschreiben deiner Schritte, die wir hier gemeinsam gehen werden, kannst du letztlich deinen eigenen Weg erkennen und der Beobachter in deinem Leben werden. Du kannst jederzeit nachlesen, wer du einmal warst, welchen Weg du gegangen bist und was du schon alles geschafft hast. Das Schönste an dem ganzen Buch ist, dass du es jederzeit verändern kannst, denn du bist der Autor!

Auch Tanja begann ihr eigenes Lebensbuch zu schreiben. Es war enorm, was sie uns bei unserem nächsten Treffen erzählte. Sie sagte, sie habe versucht, alles aufzuschreiben, was ihr an ihren Gedanken auffiel. Sie nahm ihr Lebensbuch sogar mit auf die Arbeit und nutzte ihre kleinen Pausen, um aufzuschreiben, was sie in sich beobachtete. Sie kam mit einer tiefen Erkenntnis zurück, die uns sehr berührte. Sie erkannte, dass es ihre negativen Gedanken waren, die sie in diese Situation gebracht haben und sie so beeinflussten. Sie konnte nicht mehr anders, als sich zurückzuziehen und in Selbstzweifel zu verfallen.

Sie verstand, dass ihre negativen Gedanken sie davon abhalten, glücklich zu sein. Das war ihr erster großer Schritt in ein selbstbestimmtes Leben! Eine tiefe Erkenntnis. Negative Gedanken, halten davon ab, glücklich zu leben!

Wann und wie halten dich deine Gedanken ab, glücklich zu sein?

Wir möchten dir in diesem 1. Schritt zeigen, wie lohnenswert es für dich ist, wenn du dich in deiner Gedankenwelt auskennst. Wenn du plötzlich merkst, was in dir geschieht und was es den ganzen Tag so in dir denkt. Deine negativen Gedanken, können geniale Geschichten erzählen, um dich vom wahren Leben abzuhalten. Du wirst verstehen, warum das so ist und wie du aus der Endlosschleife deiner negativen Gedanken ausbrechen kannst!

Lass uns jetzt gemeinsam anfangen! Dein Lebensbuch ist dir eine große Hilfe dabei.

Schreibe die wichtigsten Gedanken auf, ohne sie zu bewerten. Schreibe einfach auf. Mehr musst du im 1. Schritt nicht tun.

Im Moment geht es nur darum zu beobachten, was du gerade denkst. Deine Gedanken zeigen dir, wie du die Welt wahrnimmst. Mache dir bewusst, dass du nicht deine Gedanken bist und du jederzeit durch Aufschreiben und Beobachten eine neue Perspektive für dich wählen kannst.

„Das Glück deines Lebens hängt von der Beschaffenheit deiner Gedanken ab.“

(Marc Aurelius)

Das Wichtigste zusammengefasst:

- ✓ Solange deine Gedanken unbewusst wie ein Programm in dir ablaufen, hast du keinen Einfluss auf dein Leben.
- ✓ Negative Gedanken sind das Ergebnis deiner Prägungen und die Art und Weise, wie du die Welt wahrnimmst und bewertest.
- ✓ Es funktioniert nicht, negative Gedanken einfach in positive umzuformulieren. Es braucht ein tiefes Verständnis und die Verbindung mit der Liebe in dir Selbst. Dann entsteht ein Vertrauen in dir. Du verbindest dich mit dem Fluss des Lebens.
- ✓ Negative Gedanken halten dich davon ab, glücklich zu leben!
- ✓ Deine negativen Gedanken, können geniale Geschichten erzählen, um dich vom wahren Leben abzuhalten.
- ✓ Du bist nicht deine Gedanken!

1.2. Blockaden, Prägungen und negative Glaubenssätze - wie sie dich unbewusst beeinflussen

Kai ist 40 Jahre alt, verheiratet und hat 2 Kinder. Kai kommt zu uns und wirkt sehr angespannt und hektisch. Er ist ungeduldig und fängt sofort an zu erzählen. „Meine Frau und ich haben immer öfters Streit. Sie macht mir Vorwürfe und sagt, ich wäre wie mein Vater. Immer wenn sie das sagt, ärgert mich das. Nie wollte ich so werden wie mein Vater und jetzt, mit 40 Jahren, merke ich, dass ich genauso geworden bin. Aber ich komme da einfach nicht raus!"

Was ist los mit Kai? In Kai wirken unbewusste Prägungen. In unserer DNA sind alle Informationen über unsere Familie und Vorfahren gespeichert. Diese Speicher bekommen wir schon im Mutterleib durch unsere Eltern mit ins Leben.

Schon als Kind hast du die Grundbedürfnisse der Liebe und Anerkennung in dir. Du willst einfach dazugehören, deinen Eltern gefallen und erschaffst bestimmte Verhaltensmuster. Zum Beispiel weißt du ganz genau, an welche Regeln du dich halten musst, um Anerkennung von deinen Eltern zu bekommen. Du passt dich ihren Vorstellungen an und stellst deine eigenen zurück. Als Kind ist das überlebenswichtig!

Die Erziehung, die Schule, der Kindergarten, dein ganzes Umfeld trägt dazu bei, dass diese negativen Prägungen dich formen und immer tiefer in dein Unterbewusstsein sinken. Deine Prägungen sind dir erstmal nicht bewusst und trotzdem wirken sie durch dich. Sie bestimmen dein Denken und Handeln, dadurch fängst du an, negative Glaubenssätze in dir zu verankern und du blockierst dich mehr und mehr selbst. Die meisten Menschen leben in diesen Prägungen weiter und wissen nicht, dass sie als Erwachsener eine neue Wahl treffen können. Die Wahl, sie selbst zu sein!

Die negativen Blockaden sitzen in deinen Zellen und werden automatisch bei deinen Handlungen abgerufen. So kommt es, dass du in Situationen so reagierst, wie dein

Vater oder deine Mutter es immer taten, obwohl du es gar nicht willst. Es geschieht einfach mit dir. Du fühlst dich deinen eigenen negativen Prägungen ausgeliefert.

Du kannst Situationen in deinem Leben also nur aus deinem Blickwinkel wahrnehmen, weil deine negativen Prägungen alles andere herausfiltern. Du hast dadurch keinen Zugang zu Alternativen. Es entsteht ein Gefühl der Machtlosigkeit.

Wir erleben in unseren Coachings oft Menschen, die dieses Gefühl der Machtlosigkeit beschreiben, keine bewusste Kontrolle über ihr Handeln zu haben. Es entsteht Wut und Ärger über sich selbst. Du fängst an, dich abzulehnen und fühlst dich niedergeschlagen, weil du es nicht schaffst, aus deinen Prägungen auszubrechen. Oder es ist so wie im Fall von Kai, dass du andere Menschen in deinem Umfeld hast, die dich auf deine Verhaltensweisen ansprechen, um dich wachzurütteln. Es braucht Mut, sich selber einzugestehen, dass der andere recht hat. Du fängst dadurch an, in die Rolle des Beobachters zu schlüpfen.

Kai hat dies bereits getan. Er erzählt uns, dass er sich über sich selbst ärgert, weil er weiß, dass seine Frau in vielen

Punkten recht hat und er erkannt hat, dass er viele Prägungen seines Vaters weiterlebt, die er selbst eigentlich nie erleben wollte. Kai erzählt uns, dass sein Vater sehr gefühllos war. Für Kai war das als Kind sehr schwer. Er konnte seinen Vater nie umarmen. Er bekam selten ein nettes Wort zu hören oder konnte mit seinem Vater über die typischen Männerdinge reden. Er fühlte sich oft allein. Eigentlich, so erzählte er, kannte er seinen Vater gar nicht richtig. Er arbeitete immer viel und war wenig für die Familie da. Und wenn er da war, dann wollte er seine Ruhe haben und seine Mutter war immer bemüht, es seinem Vater recht zu machen und ihn zu umsorgen. Kai verstand, dass sein Vater nicht fähig war, Liebe zu zeigen. Sein Vater lebte ganz in der Vorstellung, als Mann dürfe man keine Gefühle zeigen. So verhielt er sich seiner Mutter und auch ihm gegenüber. Als Kai uns diese Geschichte erzählte, war spürbar, wie sehr er auch heute noch verletzt war und sich einen Vater gewünscht hätte, mit dem er gemeinsam Erfahrungen teilen konnte. Dem war leider nicht so. Kai sah zu, wie auch seine Mutter darunter gelitten hat, dass sein Vater ihr keine Liebe zeigen konnte. Alles musste nach den Vorstellungen, Werten und Traditionen seines Vaters ablaufen. Es gab keinen Platz, seine eigene Persönlichkeit zu entdecken.

Kai schwor sich, wenn er eine Familie haben würde, wollte er es anders machen. Er wollte ein Mann sein, der mit seiner Frau liebevoll umgeht. Er wollte seinen Kindern ein guter Vater sein. Dass er diese Erwartung nicht erfüllen konnte, machte ihn wütend und er ging in einen inneren Kampf mit sich Selbst. Was nun geschehen ist, ist, dass er sich genauso erlebte, wie sein Vater. Er erkannte, dass er momentan genauso mit seiner Frau umging. Lieblos! Dabei wollte er es doch immer anders machen.

Die Ehrlichkeit zu dir Selbst ist ein Schlüssel, um deine Prägungen und negativen Glaubenssätze zu erkennen. Dann kannst du Alternativen wahrnehmen und deine inneren Programme umschreiben.

Deine negativen Glaubenssätze und Verhaltensmuster basieren auf deinen Prägungen. Alles hängt miteinander zusammen. Das bedeutet, dass eine Veränderung nur im Ganzen geschehen kann.

Der erste Schritt ist: Erkenne, wie du denkst und handelst! Erkenne, was deine negativen Gedanken dir jeden Tag über dich selbst erzählen. Höre dir zu und schreibe sie in dein Lebensbuch.

Kai wusste, es ist sein Vater, der in ihm spricht und nicht er selbst. Was für eine tiefe Wahrheit! Er hat es geschafft, seine negativen Gedanken zu beobachten und dadurch seine Prägungen zu erkennen! Er hat mit Hilfe seines Lebensbuches gelernt, seine Prägungen von seinem eigenen Ich zu unterscheiden. Ein wichtiger Schritt zur Selbstliebe!

Die Beziehung zu seiner Frau nahm eine positive Wendung. Sie möchten gemeinsam neue Perspektiven für sich und die Kinder öffnen. Sie versuchen, sich gegenseitig zu unterstützen, denn auch seine Frau kam später zu uns ins Coaching und beim Schreiben ihres eigenen Lebensbuches hat sie erkannt, dass auch sie in ihren negativen Prägungen feststeckt.

Beide möchten gemeinsam neue Wege gehen. Ihr gemeinsames Ziel ist es, dass die Familie ein starker Verbund ist, wo jeder sein Potential frei entfalten darf und die Kinder davon auch für ihr eigenes Leben profitieren. Sie möchten zusammenhalten, um sich gegenseitig zu stärken, dass jeder sein eigenes Ich entdecken darf.

Vielleicht erkennst du dich in Kai wieder? Hast du auch den Wunsch, deine Schablone abzulegen und dein eigenes Ich zu entdecken? Der Weg hinaus ist ein spannender Weg, der Freude macht, denn du erkennst vielleicht zum ersten Mal, wer du wirklich bist! Du bist viel mehr, als du glaubst!

Alles beginnt mit dem ersten Schritt: Erkenne, in welcher Situation du gerade steckst und beobachte deine negativen Gedanken!

Das Wichtigste zusammengefasst:

✓ In unserer DNA sind alle Informationen über unsere Familie und Vorfahren gespeichert.

✓ Deine Eltern, die Erziehung, die Schule, der Kindergarten, dein ganzes Umfeld trägt dazu bei, dass negative Prägungen dich formen und immer tiefer in dein Unterbewusstsein sinken.

✓ Negative Prägungen bestimmen dein Denken und Handeln.

✓ Die Ehrlichkeit zu dir Selbst ist ein Schlüssel, um deine Prägungen und negativen Glaubenssätze zu erkennen.

✓ Die negativen Blockaden sitzen in deinen Zellen und werden automatisch bei deinen Handlungen abgerufen.

✓ Als Erwachsener kannst du dich entscheiden! Du kannst eine neue Wahl treffen!

✓ Eine Veränderung kann nur im Ganzen geschehen!

1.3. Ängste und Sorgen - Warum sind sie da?

Jana ist 19 Jahre alt und kommt zu uns ins Coaching, weil sie Zukunftsängste hat. Sie hat einen Studienplatz in einer großen Stadt bekommen und muss umziehen. Weg von ihrem gewohnten Zuhause. Anfangs war sie total begeistert von ihrer Idee. Sie wollte endlich rein ins Leben!

Jetzt, wird es plötzlich ernst. Der Tag des Umzugs rückt immer näher. Jana merkt, dass sie Angst bekommt. Es steht so viel Neues an. War es die richtige Entscheidung? Ihre Angst wird immer lauter in ihrem Kopf. Abends schläft sie mit dem Gedanken ein „Was ist, wenn ich das alles nicht schaffe? Ich bin dort ganz alleine." Sie ist total verunsichert. Sie kann nicht mehr klar denken. Ihre Eltern waren von ihrer Idee sowieso von Anfang an nicht begeistert. Sie hätten es gerne gehabt, dass Jana in ihrer Nähe bleibt und vor Ort eine Ausbildung macht. Vielleicht sollte sie das alles doch lieber lassen?

Janas Mutter ist sehr ängstlich. Jana erzählt, dass ihre Mutter früher schon immer Angst um sie hatte. Wenn Jana zu schnell rannte, hieß es: „Mach langsamer, du fällst hin”, wenn sie zu hochkletterte, hieß es: „Komm runter, du fällst gleich hin und verletzt dich”. Jana konnte dann noch nicht einmal selber wieder runterklettern, um zu erfahren, wie sie klettern muss, damit sie sicher unten landet. Ihre Mutter nahm sie einfach, damit ihr auch ja nichts passierte.

Ihre Hausaufgaben wurden immer sehr akribisch von ihrer Mutter kontrolliert, damit Jana nichts falsch machte. Ihre Mutter hatte Angst, dass sie in der Schule etwas verpasste und nicht mitkam. Sie kontrollierte jeden Tag, ob sie alles für die Schule eingepackt hat. Morgens wenn Jana aufstand, lagen schon ihre Kleider fertig gerichtet über der Badewanne. Jana musste sie nur noch anziehen. Sie durfte nie alleine zu einer Freundin gehen. Ihre Mutter brachte sie immer bis vor die Haustür. Als Jana im Teenageralter war, konnte es sogar vorkommen, dass ihre Mutter mit einer Jacke und Mütze rauskam, wenn sie mit ihren Freundinnen zusammen war. „Du musst dich doch warm anziehen, Jana. Sonst erkältest du dich!”, hat sie immer gesagt. Jana kann sich heute noch erinnern, wie peinlich das für sie war. Ihre Mutter war ständig in Sorge mit ihr. Sie hatte kein Vertrauen in Jana. Sie kontrollierte all ihre Handlungen. Vielleicht kennst du diese Situation aus deinem Leben?

Wenn du mit ängstlichen Eltern groß geworden bist oder dich schon als Kind in einem Umfeld bewegt hast, in dem die Menschen ängstlich waren und sich um alles sorgten, dann übernimmst du unbewusst diese Verhaltensweise. In diesem Fall die Angst. Wenn sich jemand ständig um dich sorgt, wirst du in deinen Handlungen unsicher und bist wie gelähmt.

Mach dir an dieser Stelle bewusst, dass dieser Prozess unbewusst abläuft. Auch deine Eltern und Mitmenschen agieren aus ihren unbewussten Prägungen und inneren Blockaden. Sie denken, dass ist der richtige Weg und können eine andere Alternative momentan nicht erkennen. Ein Leben in Angst und Sorgen ist für sie normal, weil auch sie so groß geworden sind. Sie kennen es nicht anders. Sie identifizieren sich selbst mit diesem Verhaltensmuster und glauben, es sei die Wirklichkeit. Es ist doch wichtig, sich um das eigene Kind so zu kümmern, sonst macht es Fehler und gerät in Schwierigkeiten. Sie meinen es in ihren Augen also eigentlich gut, weil sie dich schützen wollen.

Doch letztlich lenken sie sich von ihren eigenen Ängsten ab. Zum Beispiel die Angst loszulassen.

Meistens hast du nicht nur eine Angst in dir. Ängste verschachteln sich wie eine Zwiebel in mehreren Schichten. Jana hat nicht nur Angst vor der Zukunft, sie hat Angst, das Alte und Vertraute loszulassen. Sie hat Angst, die Kontrolle zu verlieren, Angst, ausgegrenzt zu werden und Angst davor, alleine zu sein.

Aus der Komfortzone herauszutreten ist mit einem Gefühl der Angst verbunden. Die Angst, die Kontrolle über dein Leben zu verlieren. Du weißt nicht, was kommt. Das Alte ist nicht mehr zu ertragen, aber was bietet dir das Neue? Weil du es nicht weißt, hast du Angst. Du bist wie gelähmt und bist handlungsunfähig. Du fühlst dich von der Angst erdrückt. Du kannst nicht mehr tief durchatmen. Dein Magen verkrampft sich und dein Brustkorb fühlt sich eng an.

Viele Ängste, die dich bewegen, spiegeln sich in deinen negativen Gedanken. Was wir an dieser Stelle nicht möchten ist, dass du jetzt tief in deinen Ängsten verharrst. Wir möchten dir einen viel leichteren Weg zeigen. Deswegen beobachte dich einfach nur. Versuche nicht zu verstehen, was du alles für Ängste hast und wo sie herkommen.

Nimm dir diesen Druck von den Schultern. Denn je mehr du über deine Ängste nachdenkst, je mehr denkst du und verstrickst dich. Wir wollen aber mit dir gemeinsam rausgehen aus den Ängsten. Deswegen fühl dich einfach von unseren Erklärungen abgeholt und verstanden, aber denke nicht, dass du deine eigene Gedankenwelt jetzt analysieren musst. Es sollen in dir diese AHA Momente ausgelöst werden, um dich an deine Ängste heranzuführen, sie aber nur zu beobachten und aufzuschreiben. Neutral und nicht bewertend.

Nimm dein Lebensbuch jetzt in deine Hände und schlage es auf. Beobachte in dir deine Gedanken. Wann hast du in deinem Leben Angst? Mit welchen Gedanken wachst du morgens schon auf? Nimm dir für diesen Schritt Zeit. Beobachte dich in deinem Alltag. Nimm also dein Lebensbuch immer wieder zur Hand. Mach es dir zur Gewohnheit, es bei dir zu tragen! Wann zögerst du im Alltag und welche Gedanken hast du in dem Moment? Schreibe alles auf, was du beobachtest. Es wird dir bei den nächsten Schritten helfen, Klarheit über deine Gedankenwelt zu bekommen, damit du dann verstehen kannst, wie du deine Gedanken wirklich dauerhaft verändern kannst!

Die meisten Ängste sind negative Blockaden und Prägungen, die du unbewusst von deinen Eltern und deinem gewohnten Umfeld übernimmst, sowohl als Kind aber auch im Erwachsenenalter. Du kennst sicherlich die Angst, nicht gut genug zu sein. Wir beobachten, dass Männer in unseren Seminaren oft davon berichten, auf der Arbeit in einem regelrechten Konkurrenzkampf zu stehen. Es geht nur noch darum, immer schneller, immer besser zu sein.

Dieses Verhaltensmuster entsteht, weil du dich ständig mit anderen vergleichst. Oft unbewusst. Achte auch an dieser Stelle einmal mehr auf dich. Beobachte: Wann im Alltag vergleichst du dich mit anderen? Die Angst, nicht gut genug zu sein und letztlich die Angst, ausgegrenzt zu werden, wird dadurch in dir gezündet. Schon in der Schule beginnt dieser Kampf „Wer ist der Schnellste, wer ist der Beste". Ein Konkurrenzkampf, der schon den Kindern vermittelt „Du musst Angst haben, wenn du nicht gut genug bist, denn dann wirst du ausgegrenzt".

Vielleicht kennst du aus deinem Leben Menschen, die ausgegrenzt werden oder du bist selbst davon betroffen? In unserem Beispiel hat sich Jana ganz bewusst für etwas

Neues in ihrem Leben entschieden. Sie will aus dem eingeengten Gefühl ausbrechen. Ihre Ängste werden dadurch getriggert.

Was kennst du noch für Situationen in deinem Leben, in denen deine Ängste getriggert werden? Plötzlich tritt etwas in dein Leben, für das du dich erstmal nicht bewusst entschieden hast. Es kommt eine Veränderung auf dich zu. Du verlierst z.B. plötzlich deinen Job oder du verlierst eine vertraute Person. Es geschieht ein Unfall, etwas Unvorhergesehenes. Du verlierst plötzlich viel Geld oder du musst das erste Mal in deinem Leben etwas tun, was du davor noch nie getan hast. Es ist egal, was es ist, wenn du hinein gezwungen wirst in etwas, was du nicht kennst, macht das Angst.

Aus unserer Erfahrung können wir sagen, dass Veränderungen sich immer in deinem Leben zu etwas Besseren hinbewegen, auch wenn du es nicht sofort erkennst. Wenn immer alles gleich bleibt, ist keine Entwicklung möglich. Das Leben ist Veränderung! Der Mensch braucht die Herausforderung, um an seine Grenzen zu kommen und Grenzen zu sprengen. In jeder Angst steckt auch gleichzeitig dein größtes Potenzial zu wachsen.

Wir sprachen nach ein paar Wochen noch einmal mit Jana. Sie erzählte uns von ihrem Lebensbuch. Sie beobachtete in ihrem Kopf lauter negative Gedanken, die ihr Angst vor der Zukunft machten. Sie hat erkannt, dass diese Ängste gar nicht jetzt da sind, sondern dass all diese Gedanken ihr ein Zukunftsszenario vorgaukeln und in ihr dadurch ein Gefühl der Angst entsteht. Diese tiefe Erkenntnis berührte uns sehr. Ängste sind immer in der Zukunft. Eine Angst ist immer ein Ereignis in der Zukunft, das geschehen kann, aber nicht muss und meistens auch nicht passiert. Deswegen glaube nicht alles, was du denkst!

Wie geht es dir? Gibt es auch für dich Herausforderungen im Leben, denen du dich nicht gewachsen fühlst? Was hast du noch für Gedanken in dir, die dir Angst machen? Schreibe auf, spüre in dich hinein und beobachte. Werde zum Beobachter deiner Angst!

Jana lernte anhand des Lebensbuches, ihre Gedanken zu beobachten. Sie versteht heute, wie wichtig es für sie war, ihre Zukunftsangst zu erkennen und sie sich bewusst zu machen, denn nur so konnte sie verstehen, dass ihre Angst eine Illusion ist. Sie versteht heute, dass sie in Prägungen verfangen ist und sie mit ihren nächsten Schritten weitergehen will, um sich von diesen negativen Prägungen zu lösen. Sie möchte endlich ihr eigenes Leben leben!

Auch du kannst deinen Ängsten begegnen, um eine neue Wahrnehmung zu bekommen. Nutze deine Chance und fülle dein Lebensbuch. Gehe deinen ersten Schritt: Erkenne, welche negativen Gedanken sich in Form von Angst zeigen!

Das Wichtigste zusammengefasst:

✓ Du übernimmst die Verhaltensweisen aus deinem Umfeld unbewusst!

✓ Wenn sich jemand ständig um dich sorgt, wirst du in deinen Handlungen unsicher und bist wie gelähmt.

✓ Ängste verschachteln sich wie eine Zwiebel mit mehreren Schichten.

✓ Dein Umfeld agiert aus ihren eigenen negativen Prägungen und inneren Blockaden.

✓ Aus der Komfortzone herauszutreten ist mit einem Gefühl der Angst verbunden, weil du nicht weißt, was kommt und keine Kontrolle mehr hast.

✓ Viele Ängste, die dich bewegen, spiegeln sich in deinen negativen Gedanken.

✓ Verharre nicht in deiner Angst! Werde zum neutralen Beobachter!

✓ Veränderungen bewegen sich immer in deinem Leben zu etwas Besseren, auch wenn du es nicht sofort erkennst.

- ✓ Wenn immer alles gleich bleibt, ist keine Entwicklung möglich.
- ✓ Der Mensch braucht die Herausforderung, um an seine Grenzen zu kommen und Grenzen zu sprengen.
- ✓ Eine Angst ist immer ein Ereignis in der Zukunft, das geschehen kann, aber nicht muss und meistens auch nicht passiert.
- ✓ In jeder Angst steckt auch gleichzeitig dein größtes Potenzial zu wachsen.

1.4. Selbstzweifel - Warum er dich klein hält

Vera ist 61 Jahre alt und kam zu uns ins Seminar. Sie erzählte von ihrem neuen Vorhaben. Ihre Augen strahlten. Für alle Teilnehmer war spürbar: Vera hatte etwas vor in ihrem Leben, was sie einfach tief bewegte. Vera fing an zu erzählen, dass sie als Verkäuferin arbeitet und jetzt einen neuen Weg gehen möchte. Sie hat sich entschieden, nicht wie gewohnt, einfach nur so in Rente zu gehen. Nein, Sie wollte noch etwas aus ihrem Leben machen. Sie liebte Yoga.

Als sie uns das erzählte, wussten wir alle: Vera liebt nicht nur Yoga, sie lebt es auch tief aus ihrem Herzen. Sie wollte eine Ausbildung zur Yogalehrerin machen und andere Menschen, so in ihre Mitte bringen. Doch plötzlich geschah etwas in ihrer Ausstrahlung. Vera stand da und sank in sich zusammen, ihr Blick fiel auf den Boden. Sie sah mit einem mal traurig aus. Sie sagte: „Es ist das erste Mal in meinem Leben, dass ich nicht mehr anders kann, als einen anderen Weg für mein Leben zu wählen. Mein Leben lang bin ich den Werten und Traditionen meiner Familie gefolgt und es haben immer andere für mich entschieden. Ein Teil von mir hat die Nase voll davon, dass andere immer besser wissen wollen, was gut für mich ist.

Doch mein Umfeld, meine Kinder, alle raten mir ab. Ich bin Verkäuferin geworden, weil meine Eltern diesen Weg für mich ausgesucht haben. Sie meinten, dass wäre ein sicherer Job für mich und ich machte dann natürlich die Ausbildung als Verkäuferin. Für mich war klar, meine Eltern kennen mich am besten, also wird das schon gut so sein. Später übernahm mein Mann die Entscheidungen in unserem Leben.

Ich weiß nicht, ob ich diesen Schritt wirklich gehen kann. Meine Kinder lachen mich aus. Sie sagen, ich stehe kurz vor der Rente, was will ich denn mehr? Kann ich das wirklich schaffen oder werde ich mich am Ende blamieren? Ich frage mich oft, ob ich gut genug bin und nicht doch vielleicht zu alt? Die Stimme in meinem Kopf erzählt mir immer wieder: „Vera, lass die Finger davon. Yoga ist was für jüngere Menschen. Wer will schon zu einer alten Frau!"

Als Vera diesen Satz im Seminar sagte, war der Raum still. Jeder spürte ihre tiefen Selbstzweifel. Jeder konnte sie verstehen, denn jeder kennt dieses lähmende Gefühl, zu meinen, nicht gut genug zu sein. Vera steckt in einem Zwiespalt. Ein Teil in ihrem Inneren weiß ganz genau, dass es jetzt an der Zeit ist, neue Wege zu gehen, doch dann gibt es diesen anderen Teil in ihr, der versucht, sie klein zu halten. Ihre Gedanken wollen sie in Sicherheit und in ihren alten Gewohnheiten halten. Sie beginnt mehr und mehr, an sich zu zweifeln. Selbstzweifel hindern dich daran, deine innere Kraft voll zu entfalten.

Vielleicht kennst auch du das Gefühl, dass du alles, was du tust, hinterfragst. Du spürst in dir eigentlich ganz genau, was du willst und doch kannst du es nicht tun, weil du Angst hast, du könntest ausgelacht oder ausgegrenzt werden. Diese Ängste und Selbstzweifel haben in den meisten Fällen ihren Ursprung in der frühen Kindheit, in der es überlebenswichtig ist, dazuzugehören. Erleben wir uns in der Kindheit nicht als wichtig oder wertvoll, passen wir uns an, um zu überleben. Warum bewirkt der Selbstzweifel in dir, dass du alles hinterfragen musst? Es ist schon fast wie ein Zwang in dir. Deine Gedanken geben dir nicht eher Ruhe, bis du auch wirklich alle Möglichkeiten und Eventualitäten in dir abgeklappert hast. Du willst es einfach perfekt machen. Du neigst dazu, im Perfektionismus zu versinken und kommst dadurch keinen Schritt weiter. Kennst du das bei dir? Oder kennst du Menschen, die immer alles bis ins Kleinste perfekt haben wollen? Schreibe auch das gerne in dein Lebensbuch auf.

Wir erleben es oft, dass Teilnehmer davon berichten. Unsicherheit als der Zweifel, der in dir nagt und einfach auf Nummer Sicher gehen will. Keinen Spielraum lassen für Fehler und Kritik. Denn jeder Fehler und jede Kritik dockt an deinen Selbstzweifel an und bestätigt dir immer wieder aufs Neue, dass du nicht gut so bist, wie du bist! Dein Selbstzweifel liebt es, einen Plan zu haben, eine konkrete Vorgehensweise, damit nichts schief gehen kann.

Zweifel sind also ein Zeichen dafür, dass du dich unsicher fühlst. Du strahlst diese Unsicherheit aus. Das spüren die anderen Menschen. Sie spiegeln dir deine Unsicherheit. Du kennst bestimmt Menschen in deinem Umfeld, die auf dich unsicher wirken. Vera strahlte auch diese Unsicherheit aus. Als sie im Seminar ihre Geschichte erzählte, fingen einige Teilnehmer an, ihr Tipps und gutgemeinte Ratschläge geben zu wollen.

Auch Veras Mann spürte die Unsicherheit in ihr. Er übernahm alle Entscheidungen, nicht um kontrollieren zu wollen, sondern weil er merkte, dass Vera unsicher war. Er reagiert auf ihr Verhaltensmuster, in dem er ihr die Entscheidungen abnimmt. Sie brauchte so keine Angst zu haben, etwas Falsches zu tun. Sie brauchte sich erst gar nicht mit ihrem Selbstzweifel auseinandersetzen. Sie hat die Verantwortung für sich einfach abgegeben.

Dadurch, dass in Vera der Drang zur Selbstverwirklichung immer größer wird, ist es für ihren weiteren Weg eine Voraussetzung, sich mit ihrem inneren Zweifler zu konfrontieren. Das wird sie stark machen und öffnet Potentiale, die sie bisher nicht sehen konnte.

Vera fällt es sehr schwer, sich der Meinung ihres Mannes und ihrer Kinder zu widersetzen, gegen den vertrauten Strom zu schwimmen. Ihr ganzes Leben lang hatte sie versucht, den anderen zu gefallen, alles perfekt zu machen und den Erwartungen der anderen zu entsprechen. Doch, jetzt hat sie gemerkt: „Das geht nicht mehr!" Sie möchte lernen, sich selbst zu lieben und Verantwortung für sich übernehmen.

Vielleicht merkst auch du in dir, dass manche Dinge in deinem Leben einfach nicht mehr so weitergehen können, weil der Druck in dir so stark ist. In deinem Lebensbuch gibt es Platz, um genau jetzt aufzuschreiben, welche Zweifel du in dir nicht mehr länger erleben willst. Schreibe alles auf und bewerte auch hier nicht. Sei dein innerer Beobachter, der einfach sieht, was deine Gedanken dir erzählen und schreibe alles auf!

Vera hat erkannt, dass sie ihr ganzes Leben in diesem blockierenden Muster gefangen war und erst jetzt die Zeit gekommen ist, neue Wege zu gehen. Ein paar Wochen nach dem Seminar, schreibt uns Vera eine E-Mail. Sie schreibt uns, dass es ihr sehr geholfen hat, alles in ihr Lebensbuch aufzuschreiben, was ihr innerer Zweifler redet. Sie hat erkannt, dass der Zweifel sie abhält, wirklich ihren Traum zu leben. Sie kann heute ihre Gedanken viel besser sortieren und bewusster wahrnehmen. Sie erkennt sofort, wenn der Selbstzweifel in ihr die Überhand nimmt und sie unsicher wird. Sie hat uns geschrieben, dass ihr bewusst wurde, dass sie in ihrem Leben bereits schon öfter an diesem Punkt war, an dem sie merkte, dass immer andere für sie entscheiden, und sie oft Dinge tut, die sie gar nicht tun will. Aber bisher konnte sie sich das nicht eingestehen. Es war für sie einfacher, wegzuschauen und den normalen Dingen des Alltags nachzugehen. Das, so hat sie sich fest vorgenommen, möchte sie jetzt ändern. Sie möchte weiter ihre Schritte gehen und den Lebenstraum, Yogalehrerin zu werden, für sich verwirklichen. Sie will ihre eigene Sicherheit und Stabilität in sich finden und nicht mehr im Außen. Sie stärkt damit ihr Selbstvertrauen!

Genau wie Vera, kannst auch du es schaffen, deine Selbstzweifel immer mehr in dir zu erkennen. Schreibe deine Gedanken dazu auf! Gib deinem Selbstzweifel keine Aufmerksamkeit, in dem du ihn auslebst, denn du bist nicht dein Zweifel! Der Zweifel lenkt dich nur von dir selbst ab. Du bist einzigartig, wertvoll und großartig. Keiner kann dich aufhalten, außer du erlaubst es! Bleib dran! Nach und nach findest du deine Stabilität in dir und lernst, dir selbst zu vertrauen!

Das Wichtigste zusammengefasst:

- ✓ Selbstzweifel hindern dich daran, deine innere Kraft voll zu entfalten.
- ✓ Ängste und Selbstzweifel haben in den meisten Fällen ihren Ursprung in der frühen Kindheit, in der es überlebenswichtig ist, dazuzugehören.
- ✓ Dein innerer Zweifler will alles perfekt machen.
- ✓ Jeder Fehler und jede Kritik dockt an deinen Selbstzweifel an und bestätigt dir immer wieder aufs Neue, dass du nicht gut so bist, wie du bist!
- ✓ Zweifel zeigen, dass du unsicher bist.
- ✓ Du kannst Sicherheit und Stabilität wieder in dir selbst finden.
- ✓ Vertrauen ist das Gegenteil von Zweifel.

1.5. Schuldgefühle - Halten dich ab, authentisch zu sein

Helmut ist 56 Jahre alt und auch er ist Teilnehmer in einem unserer Seminare. Er steht auf und berichtet, dass die Beziehung mit seiner Frau in die Brüche zu gehen droht. Er wohnte, bis er 43 Jahre alt war, im Haus seiner Eltern. Dann lernte er seine Frau kennen und lieben. Er entschied sich, zu gehen und ein gemeinsames Leben aufzubauen. Seine Eltern fühlen sich bis heute von ihm im Stich gelassen. „Sie haben all ihre Hoffnung und ihr Vertrauen in mich gesetzt, dass ich immer bei ihnen bleibe, sie unterstütze und im Alter pflege. Sie erwarteten es so von mir. Als ich Maria, meine Frau kennenlernte, merkte ich, dass ich mein eigenes Leben leben wollte. Maria ist alleinerziehend und hat 2 Kinder im Alter von 10 und 12 Jahren. Wenn ich bei ihr war, fühlte ich mich so wohl, dass es immer schwerer wurde, nach Hause zu meinen Eltern zurückzukehren. Ich wollte nicht im Alltag mit meinen Eltern versinken und mich teilnahmslos nur an ihr Leben anpassen und in ihre Fußstapfen treten. Die Liebe zu Maria half mir, diesen Schritt zu gehen. Mir wurde bewusst, dass es noch so viel mehr für mich gibt. Mein Bauchgefühl zwang mich zu diesem Schritt. Ich bekam Magenschmerzen und auch nachts konnte ich nicht mehr gut schlafen. Negative Gedanken kreisten permanent durch meinen Kopf. Kann ich wirklich meine Eltern zurücklassen, sie alleine lassen? Darf ich das überhaupt? Ich liebe doch meine Eltern!

Die Liebe zu Maria war so groß. Ich war innerlich total zerrissen. Ich hatte es noch nie erlebt, dass eine Liebe zu einer Frau so groß sein kann, dass ich bereit bin, meine Eltern zurückzulassen. Als ich meinen Eltern meine Entscheidung mitteilte, auszuziehen und mein eigenes Leben zu leben, brach für sie eine Welt zusammen. Ich sah in ihren Augen eine tiefe Enttäuschung." Helmut zog zu Maria und ignorierte zunächst die Enttäuschung seiner Eltern. Er dachte, es würde sich schon alles beruhigen. Doch seit dieser Entscheidung war nichts mehr, wie es war. Sein Vater war launisch und unzufrieden und seine Mutter machte Helmut ständig Vorwürfe. Auch ließen die Eltern kein gutes Haar an Maria und das war besonders verletzend. Mit der Zeit spiegelte sich der Konflikt auch in der Beziehung wieder. Helmut spürte direkt, dass der Konflikt mit seinen

Eltern zwischen ihnen stand. Maria zog sich immer mehr von Helmut zurück. Sie sehnte sich danach, eine freie und glückliche Beziehung zu leben.

Kennst du das auch in deinem Leben?

Du bist unzufrieden, schlecht gelaunt, selbstkritisch und willst alles perfekt machen. Du bist erschöpft und erlaubst dir dennoch keine Ruhepause. Ein Schuldgefühl drückt auf deiner Seele und klopft permanent an. Es hält dich davon ab, ein glückliches Leben zu führen. Du bist gefangen in Ereignissen aus der Vergangenheit und du kannst dich im jetzigen Leben nicht mehr wirklich freuen.

Helmut hat Schuldgefühle seinen Eltern gegenüber. Dieses Schuldgefühl ist in der Vergangenheit entstanden, durch seinen Auszug aus dem Elternhaus. Er trägt es noch nach Jahren in sich und erlebt es im Jetzt, in der Beziehung zu Maria und ihren Kindern. Dieses Gefühl verursacht, dass er seine große Liebe nicht genießen kann. Als Helmut verstand, dass er nur dann frei und glücklich leben kann, wenn er seine Eltern und den Konflikt loslässt, machte er sich auf und füllte sein Lebensbuch. Er beobachtete, was seine Gedanken ihm den ganzen Tag erzählten. Helmut meldete sich nach Wochen bei uns, um uns ein Feedback zu geben. Er schrieb, dass er überrascht war, dass seine negativen Gedanken meistens nur um seine Eltern und um sein schlechtes Gewissen kreisen.

Der erste Schritt: Erkenne, wo du gerade stehst, hat ihm geholfen, genau das in sich zu beobachten und bewusst zu machen. Er hat in seinem Alltag völlig vergessen, dass es die Liebe zu Maria war, die ihn erst dazu bewogen hat, den Schritt in sein eigenes Leben zu gehen. Es war dieses unbeschreiblich gute Gefühl von Liebe in ihm.

Die weiteren Schritte in seinem Lebensbuch haben ihm geholfen, sein Schuldgefühl loszulassen. Er kann heute sein Pflichtgefühl seinen Eltern gegenüber freigeben und ganz in sein neues Leben eintauchen. Helmut hat sich nach 13 Jahren entschlossen, ein glückliches Leben mit Maria und ihren Kindern zu leben. Er ist jetzt zu 100 % der Mann an Marias Seite.

Nimm auch du jetzt dein Lebensbuch zur Hand. Beobachte deine Gedanken. Vielleicht hast auch du ein Gefühl von Schuld in dir? Was erzählen dir deine Gedanken, für wen du hättest da sein sollen oder was du hättest besser machen können? Was steckt in dir und lässt dich nicht glücklich sein?

Oft ist es so, dass dir die Schuld nicht bewusst ist. Oder Vielleicht hast du die Schuld von einem Elternteil übernommen, obwohl dir dieses Gefühl nicht gehört. Gerade Kinder, die eine Trennung der Eltern erlebt haben, geben sich oft die Schuld für das Unglück der Eltern.

Wo versuchst du, etwas wieder gut zu machen, was du denkst, bei jemand anderem verletzt zu haben?

Solange die Schuld in dir drückt, kannst du nicht authentisch leben.

Wenn du erkennst, dass Schuldgedanken unfrei und krank machen und niemandem dienen, ist es an der Zeit, dass du dir bewusst machst, dass du das jederzeit ändern kannst! Fange an mit dem ersten Schritt und beobachte deine Schuldgedanken. Du öffnest dadurch die erste Tür zur Veränderung.

Das Wichtigste zusammengefasst:

- ✓ Schuldgefühle halten dich davon ab, ein glückliches Leben zu führen.
- ✓ Du bist gefangen in Ereignissen aus der Vergangenheit und du kannst dich im jetzigen Leben nicht mehr wirklich freuen.
- ✓ Oft ist es so, dass dir die Schuld nicht bewusst ist.
- ✓ Schuldgefühle können übernommen werden. Es sind dann nicht deine eigenen.
- ✓ Solange die Schuld in dir drückt, kannst du nicht authentisch leben.
- ✓ Erkenne deine Schuldgedanken. Du öffnest dadurch die erste Tür zur Veränderung.

2. Schritt

Herzlichen Glückwunsch! Du hast es geschafft! Du bist angekommen im 2. Schritt. Eine tolle Erfahrung liegt hinter dir und du kannst sie jederzeit in deinem Lebensbuch nachlesen, verändern und Gedanken hinzufügen. Erinnere dich kurz daran, als du dieses Buch am ersten Tag in deinen Händen gehalten hast. Vielleicht hast du Lust, in deinem Lebensbuch nachzuschlagen. Erkenne, du bist einen großen Schritt weiter und bist deinen Gedanken jetzt nicht mehr hilflos ausgeliefert!

Aus eigener Erfahrung wissen wir, dass der erste Schritt enorm wichtig ist, um eine dauerhafte Veränderung zu leben. Du hast es geschafft, deine Gedanken bewusst zu beobachten. Jetzt kannst du weitergehen und verstehen, warum es so wichtig ist, deine Gefühle in dir wieder wahrzunehmen.

Freue dich darüber!

2.1. Gedanken erschaffen Gefühle

Jetzt kannst du den nächsten Step deiner persönlichen Abenteuerreise beschreiten! Im 2. Schritt wirst du erkennen, dass jeder Gedanke ein Gefühl in dir erzeugt. So wie im Beispiel von Vera, die mit 61 Jahren Yogalehrerin werden will. Sie fühlt sich wie gelähmt und ist in ihrem Selbstzweifel versunken. Ihre Gedanken: „Kann ich das? Werde ich mit meiner Idee angenommen?" erzeugen in ihr ein Gefühl von Traurigkeit. Je mehr sie daran dachte, desto mehr verstärkte sich ihre Trauer. Die anfängliche Freude, die sie spürte, war nicht mehr da.

Ein Gedanke beeinflusst immer ein Gefühl und nicht umgekehrt. Negative Gefühle können sehr kraftraubend sein und dein ganzer Körper reagiert mit Mimik, Körpersprache und Haltung darauf. Bleibt dieser Zustand bestehen, können auf Dauer allerlei Beschwerden wie z.B. Verspannungen, Herzrasen, Bluthochdruck, Schlafstörungen und andere Stressreaktionen entstehen.

Ein Gefühl sitzt immer in deinem ganzen Körper. Du kennst sicher das Gefühl der Angst, ein Schreck, der dich am ganzen Körper erzittern lässt oder die pure Freude, die du im ganzen Körper fühlen kannst, wenn du etwas geschafft hast. Jede Zelle deines Körpers nimmt diese Information auf. Jede Zelle deines Körpers erlebt diese pure Freude, oder den tiefen Schreck. Das Gefühl ist nicht begrenzt in dir, sondern überall verankert.

Oft unterdrücken wir unsere Gefühle und haben dadurch keinen Zugang mehr zu ihnen. Negative Gefühle sind Freudekiller und halten Dich ab, dein Potenzial und deine Lebensfreude zu leben.

Wenn du einen Gedanken oft denkst z.B. „Ich habe kein Geld", dann erzeugst du in dir ein Gefühl von Mangel. Du fühlst dich schwer und bedrückt. Je öfter du den Gedanken denkst, je mehr setzt er sich in dir fest. Dein Körper reagiert darauf. Deine Nervenzellen geben Anweisung, dass neue Verbindungen, sogenannte neuronale Netze, in deinem Gehirn geknüpft werden.

Du gibst diesem Gedanken und dem dazugehörigen Gefühl mehr und mehr Kraft, bis du irgendwann wirklich glaubst, was du denkst und fühlst. Dieser Prozess wirkt meist unbewusst in dir, so dass sich dein Gedanke in deiner Realität immer wieder zeigt. Du strahlst diesen Gedanken mit dem dazugehörigen Gefühl unbewusst aus und erschaffst mit deiner Ausstrahlung Situationen in deinem Leben, die dir genau das bestätigen.

Ein Gedanke in Kombination mit einem Gefühl macht ihn erst so stark, dass er sich im Außen realisieren kann. Du strahlst einen Gedanken und ein Gefühl aus, sie treffen im Außen auf eine Resonanz. Diese Resonanz spiegelt dir Situationen in deinem Leben, die dir genau dieses Gefühl und den Gedanken wieder bestätigen. Bei dem oben genannten Beispiel strahlst du aus, dass du kein Geld hast und in der Resonanz erfährst du, dass dein Auto kaputt geht und du denkst „Ich habe es doch gewusst! Wie soll ich das nur bezahlen?"

Du kennst vielleicht den Spruch: „So wie du es in den Wald hineinrufst, schallt es wieder zurück!" Du kommst immer wieder an den gleichen Punkt in deinem Leben. Es ist wie in einem Hamsterrad, bis du erkennst, dass du einen neuen Gedanken denken kannst. Du kannst dich frei entscheiden, deine Gedanken jederzeit zu ändern. Dann ändert sich auch dein Gefühl in dir. Dieser neue Gedanke erschafft neue neuronale Netze und letztlich eine neue Realität für dich! Deine Gewohnheiten verändern sich.

Wie im Negativen ist es auch im Positiven, dass wenn ein positiver Gedanke gedacht wird, auch ein positives Gefühl entsteht, z.B. du erlaubst dir mehr Erfolg und Geldfluss im Leben. Du fühlst es in dir und kannst dich darüber freuen, dann ist der Gedanke richtig kraftvoll und manifestiert sich. Diese Freude trägt dich zum Ziel. Sie ist ein Verstärker!

Diesen Ablauf deiner Gedanken- und Gefühlswelt kannst du bewusst steuern. Je bewusster dir deine Gedanken und Gefühle sind, je leichter fällt es dir, neue Gewohnheiten zu leben und deinem wahren ICH ein Stück näher zu kommen. Mach dir an dieser Stelle keinen inneren Druck. Es geht nicht darum, dass du alles sofort umsetzt und perfekt kannst. Gehe jeden Tag deine Schritte. Jeden Tag etwas mehr, etwas bewusster und du wirst merken, dass es für dich immer selbstverständlicher wird, in deinem Alltag deine Gedanken und Gefühle wahrzunehmen.

Lass uns jetzt gemeinsam schauen, wie es dir in deinem Leben momentan so geht. Schlage dazu gerne dein Lebensbuch auf. Gibt es negative Gefühle, die dich immer wieder begleiten und denen du dich oft ausgeliefert fühlst und nicht weißt, wie du da raus kommen kannst? Werde dir deinen negativen Gefühlen bewusst und öffne dich dafür, sie wahrzunehmen. Fühle sie, heiße sie willkommen und erkenne, dass die meisten Gefühle ein Resultat deiner negativen Gedanken sind. Schaue gerne nochmal in deinem Lebensbuch unter dem 1. Schritt nach. Im 1. Schritt hast du deine negativen Gedanken bewusst wahrgenommen. Wenn du sie dir jetzt noch einmal durchliest, wirst du sicherlich ein negatives Gefühl in dir wahrnehmen können. Schreibe es unter Schritt 2 auf. Analysiere nicht! Nimm es einfach wahr und schreibe es auf.

Das Schöne ist, dass negative Gefühle dir Hinweise darauf geben, dass etwas in deinem Leben eine neue Denk- oder Blickrichtung braucht. Du kannst jedes negative Gefühl entschärfen und die geballte Ladung Kraft und Energie, die darin gebunden war, freisetzen und so deine Lebenskräfte enorm steigern. Das einfache Beobachten und Wahrnehmen unterstützt dich dabei.

Freue dich, dass mit jedem Gefühl, dem du dadurch Raum gibst, dein Körper sich wieder leichter anfühlt und deine Laune und Lebensfreude drastisch ansteigt.

Es lohnt sich, wenn du dich auf deiner Landkarte der Gefühle auskennst. Du kannst dich wieder mehr fühlen und entdeckst mit Sicherheit neue Seiten an dir, die du bisher nicht kanntest. Du erkennst vielleicht zum allerersten Mal, was Gedanken und Gefühle für eine Wirkung auf dein Leben haben!

Das Wichtigste zusammengefasst:

- ✓ Negative Gefühle können sehr kraftraubend sein und dein ganzer Körper reagiert mit Mimik, Körpersprache und Haltung darauf.
- ✓ Ein Gefühl sitzt immer in deinem ganzen Körper.
- ✓ Jede Zelle deines Körpers nimmt diese Information auf.
- ✓ Je öfter du den Gedanken denkst, je mehr setzt er sich in dir fest.
- ✓ Ein Gedanke beeinflusst immer ein Gefühl und nicht umgekehrt.
- ✓ Oft unterdrücken wir unsere Gefühle und haben dadurch keinen Zugang mehr zu ihnen.
- ✓ Negative Gefühle sind Freudekiller und halten dich ab, dein Potenzial und deine Lebensfreude zu leben.
- ✓ Gibst du einem Gedanken und dem dazugehörigen Gefühl mehr und mehr Kraft, glaubst du irgendwann, was du denkst und fühlst. Es wird zu einer Gewohnheit.

- ✓ Du strahlst diesen Gedanken mit dem dazugehörigen Gefühl unbewusst aus und erschaffst mit deiner Ausstrahlung Situationen in deinem Leben, die dir genau das bestätigen.
- ✓ Ein Gedanke in Kombination mit einem Gefühl, macht ihn erst so stark, dass er sich im Außen realisieren kann.

2.2. Du kannst dich jetzt für ein glückliches Leben entscheiden

Du fragst dich vielleicht, warum es wichtig ist, dass du dich erstmal überhaupt für ein glückliches Leben entscheiden musst. Vielleicht denkst du: „Glücklich sein, dass will doch jeder, ist doch klar! Wieso muss ich mich dafür entscheiden?"

Doch, wenn du keine Entscheidung fällst, dann verläuft dein Leben in eine unbewusste Richtung. Es wird nicht von dir gesteuert. Du hast das Ruder deines Schiffes nicht fest in der Hand und gibst keine klaren Anweisungen, wo dein Schiff hinsteuern soll. Es fährt einfach irgendwohin und verpasst vielleicht dein Ziel, ein glückliches Leben zu führen. Dein Alltag beinhaltet viele Entscheidungen. Du entscheidest dich morgens schon, was du anziehen willst und ob du lieber einen Kaffee oder heute mal einen Tee trinken willst. Oder vielleicht bist du auch so spät dran, weil du dich entschieden hast, noch etwas länger im Bett zu liegen. Du musst dich jetzt beeilen, um pünktlich zur Arbeit zu kommen, so dass du dich entscheidest, gar nichts mehr zu frühstücken und sofort ins Auto springst und losfährst. Das sind Beispiele für Entscheidungen, die dir leichtfallen. Du kannst damit umgehen, weil die Folgen für dich absehbar sind. Doch was ist mit den großen Entscheidungen in deinem Leben? Die Entscheidungen, bei denen es wirklich um dich und deine Lebensfreude geht, um deine Entfaltung und dein Leben? Schau einmal genau hin. Könnte es sein, dass es vielleicht Situationen in deinem Leben gibt, in denen du dich vor einer Entscheidung drückst? Oder du haderst mit einer wichtigen Entscheidung, weil du nicht weißt, was kommt. Du wägst also in deinen Gedanken ab. Das ist anstrengend! Deine Gedanken wechseln von Ja zu Nein und können letztlich ein heilloses Durcheinander in deinem Kopf verursachen. Du siehst den Wald vor lauter Bäumen nicht. Vielleicht kennst du das Gefühl, Angst zu haben, dich zu entscheiden.

Erinnere dich an Jana. Jana hat sich entschieden, in eine große Stadt zu ziehen, um dort zu studieren. Plötzlich bekommt sie Zukunftsängste. Sie hat sich entschieden und hinterfragt ihre Entscheidung. Sie zweifelt. Ihre Gedanken fragen sie ständig, ob es eine falsche Entscheidung war, alleine in eine große Stadt zu ziehen. Das ist ein Grund, warum wir Menschen Angst davor haben, Entscheidungen zu treffen. Wir denken, dass wir einen Fehler machen. Wir haben ganz einfach Angst davor, uns falsch zu entscheiden und lassen es dann lieber sein. Aber auch das ist eine Entscheidung, die du so gewählt hast. Du wählst den einfacheren, gewohnten und sicheren Weg und entscheidest dich für den Weg mit dem geringsten Widerstand. Auch wenn das bedeutet, dass du unglücklich bist. Du folgst deinen Gewohnheiten!

Im Beispiel von Kai war es wichtig, eine Entscheidung zu treffen, damit sich sein Leben zum Positiven wendet. Warum? Nachdem Kai seine negativen Gedanken und Glaubenssätze erkannt hat und verstand, dass er unbewusst seine Prägungen Tag für Tag auslebt, wollte er einfach nur noch er selbst sein und sich von seinen inneren Blockaden lösen. Er hat sich entschieden, einen Weg zu gehen, sein ganz eigenes Potential zu entfalten und seine innere Kraft zu leben.

Es braucht die absolute Klarheit, eine absolut klare Entscheidung in dir. Eine bewusste Entscheidung! Eine Entscheidung für dich und nicht gegen dich. Es braucht die 100 %!

Du weißt aus Schritt 1, dass deine Gedanken dir viele Geschichten erzählen und hast jetzt erkannt, wenn du ein Beobachter deiner Gedanken bist, kannst du jederzeit einen neuen Gedanken wählen. Du fällst einfach eine neue Entscheidung und bahnst dir den Weg zum Ziel! Was bedeutet das? Du kannst wählen und dich für die beste Möglichkeit entscheiden. Letztlich, kannst du dich nie falsch entscheiden. Warum? Weil jede Entscheidung, die du in deinem Leben fällst, dich immer ein Stück weiterbringt. Jede Entscheidung, auch wenn sie momentan in deinen Augen falsch erscheint, ist immer der perfekte Weg für dich, um Stück für Stück mehr zu dir und deinem wahren Ich, in deine innere Kraft und dein Potential zu kommen. Es kommt immer auf die Betrachtungsweise an, ob dein Glas halb voll oder halb leer ist. Das Leben ist im Wandel und in stetiger Veränderung. Wir müssen Tag für Tag Entscheidungen treffen. Also fang heute einfach an und entscheide dich dafür, jetzt dein Lebensbuch in die Hände zu nehmen und aufzuschreiben, was du in dir fühlst, wenn es darum geht, eine Entscheidung in deinem Leben zu treffen. Vielleicht hast du gerade eine Situation in deinem Leben, die deinen Gedanken keine Ruhe gibt. Du hast schon oft eine Entscheidung verschoben, weil du dir unsicher warst. Schreibe sie in dein Lebensbuch und schreibe auf, was du fühlst. Beobachte deine Gefühle. Aus langjähriger Erfahrung wissen wir, dass der Mensch ein Gewohnheitstier ist und nicht gerne Entscheidungen trifft. Es ist nicht wirklich wichtig, den Weg zu deinem Ziel zu kennen oder zu wissen, wie du ans Ziel deiner Reise gelangst. Wichtig ist, dich dafür zu öffnen und zu vertrauen, dass dein inneres Navigationssystem dich ohne Umwege zum Ziel bringt. Alles, was es braucht, ist deine Entscheidung! Eine Entscheidung hilft dir loszulassen! Durch das Loslassen öffnen sich automatisch neue Wege zum Ziel. Es wird leichter für dich.

Stell dir jetzt einmal kurz vor, du bist der Kapitän deines Schiffs. Du stellst dein Navi auf ein Ziel ein und fährst los. Du weißt, in welche Richtung es geht, du kennst deinen Zielhafen. Du weißt ganz genau: Da willst du hin! Du hast erkannt, dass Entscheidungen wichtig sind, um authentisch zu leben. Erinnere dich, dass jeder Schritt auf deiner Reise, dich bewusster werden lässt und deine Verbindung zu dir selbst immer kraftvoller wird. Innere Knoten lösen sich auf und öffnen den Weg automatisch ans Ziel. Du kannst nie falsch abbiegen. Vielleicht machst du einen kleinen Umweg, aber du kommst dennoch an! Wenn du das erkannt hast, bemerkst du ein tiefes Vertrauen in dir. Es fällt dir leichter, Entscheidungen zu treffen und du öffnest dich für Neues. Vertrauen verbindet dich mit deinem Lebensfluss. Du fühlst dich lebendig und kommst Schritt für Schritt in deine innere Kraft. Entscheidungen fällst du im Herzen. Zweifel und Ängste entstehen im Kopf! Nimm dein Lebensbuch an die Hand und frage dich: Wer willst du wirklich sein? Was bereitet dir Freude?

Entscheide dich ganz bewusst dafür. Du bist es wert! Es ist Jetzt Zeit, deinem Leben eine neue Richtung zu geben! Es lohnt sich!

Das Wichtigste zusammengefasst:

- ✓ Wenn du keine Entscheidung fällst, dann verläuft dein Leben in eine unbewusste Richtung.
- ✓ Die Angst vor einer Entscheidung beruht darauf, weil du nicht weißt, was kommt.
- ✓ Du hast die freie Wahl, eine Entscheidung zu treffen.
- ✓ Mit jeder Entscheidung stellst du dein Navi in Richtung Ziel ein.
- ✓ Jede Entscheidung, die du in deinem Leben fällst, bringt dich immer ein Stück weiter.
- ✓ Entscheidungen sind wichtig, um authentisch zu leben.
- ✓ Entscheidungen fällst du im Herzen. Zweifel und Ängste entstehen im Kopf!

2.3. Wie du Verantwortung für dich selbst übernimmst

Pablo, 55 Jahre alt, kam in unser Coaching und war ein attraktiver und charmanter Mann. Er erzählte uns, dass er Ärger mit seinem Chef hatte und bereits eine Abmahnung bekam. Beim näheren Nachfragen hat er uns erzählt, dass er schon so oft den Job gewechselt hatte und überall gab es Probleme. Er sagte uns: „Meine Chefs waren inkompetent, unehrlich und bezahlten mir keinen gerechten Lohn." Er beklagte sich ganz bitter und die Tränen schossen ihm in die Augen. Er erzählt weiter, dass ihn auch seine Frau verlassen hat und er seine Kinder viel zu selten sehen darf. Er weiß nicht, womit er das verdient hat. Er war doch immer für sie da, hat alles für sie getan. Pablo hat Schulden und ist immer knapp bei Kasse. Ständig geht ihm was kaputt und er kommt einfach nicht auf einen grünen Zweig. Er weiß nicht mehr weiter, ist unglücklich und das Leben erscheint ihm sinnlos. Pablo ist in einer tiefen Opferrolle und gibt allen anderen die Schuld an seiner Misere. Er hat nicht gelernt, auf sich zu achten und für sein Leben Verantwortung zu übernehmen. Er erzählt weiter: „Ich habe schon früh in meinem Leben Verantwortung für meine Geschwister übernommen. Mein Vater ist früh verstorben und Ich habe alles versucht, um meine Familie glücklich zu machen.“ Was ist im Leben von Pablo passiert? Pablo ist immer nur für andere da und spürt sich selbst nicht mehr. Als Kind hat er versucht, seiner Mutter zu helfen, wo es ging und versuchte, den Vater zu ersetzen. Das war einfach zu viel. Seine eigenen Bedürfnisse spürte er nur noch selten und er begann, mehr und mehr zu funktionieren. Diese Erfahrungen waren tief in seiner Seele eingebrannt und auch als Erwachsener hat er dieses Verhaltensmuster weitergelebt. Er begann, sein Lebensbuch zu schreiben und konfrontierte sich zum ersten Mal in seinem Leben ganz bewusst mit sich selbst.

So viele Menschen sind in dieser Rolle unbewusst gefangen.

Vielleicht kennst du auch so eine Situation? Du bist vielleicht Chef in einer Firma und dein ganzes Leben dreht sich darum, Erfolge zu erzielen. Du kannst dich selbst oder andere schöne Dinge in deinem Leben nicht mehr wahrnehmen. Stress ist dein ständiger Begleiter und du weißt nicht, wie du das stoppen kannst. Oder du pflegst einen Angehörigen deiner Familie, hast 2 kleine Kinder zu versorgen und noch einen Minijob. Wenn du morgens aufstehst, ist dein erster Gedanke: „Was mache ich jetzt als erstes? Wie kann ich alles schaffen?" Du fühlst dich gestresst. Dabei vergisst du dich selbst und spürst dich selbst nicht mehr. Es ist leichter, sich um andere zu kümmern oder sich abzulenken, als den Fokus auf sich selbst zu richten. Oft merken wir erst, dass es zu viel ist, wenn der Körper streikt und zeigt, das etwas nicht stimmt. Du reagierst mit Bluthochdruck, Rückenschmerzen, Verspannungen, Kopfschmerzen oder anderen Symptomen. Du bist völlig aus dem Gleichgewicht und kannst dich nicht mehr freuen.

Kennst du das auch? Wie gut kannst du für dich und dein Leben Verantwortung übernehmen?

Was heißt es eigentlich, Eigenverantwortung zu übernehmen? Im Grunde beginnt deine Verantwortung schon bei jedem Gedanken, den du denkst. Jeder Gedanke ist wie ein Same, den du setzt und hat eine Folge. Er erzeugt ein Gefühl und aus diesem Gefühl bildest du eine Meinung über dich oder andere. Oftmals schenken wir uns nicht sehr viele schöne Gedanken. Unbewusst werten wir uns ab, verurteilen uns, vergleichen uns, glauben andere sind besser, schöner oder intelligenter.

Warum ist das so? Auch da wirken wieder die unbewussten Prägungen und negativen Glaubenssätze in uns. Erst wenn du dir darüber bewusst bist, kannst du deine Gedanken verändern.

Hast du Lust, die Verantwortung für dich zu übernehmen?

Wenn du bereit bist, zu 100 % Eigenverantwortung zu übernehmen, hast du gelernt, eigene Entscheidungen zu treffen. Du kannst zu deiner Entscheidung stehen, egal ob das Ergebnis positiv oder negativ ist. Du handelst selbstbestimmt und denkst nicht in Problemen, sondern in Lösungen. Was heißt das? Wenn du ein Problem hast, z.B. ärgerst du dich, dass du mal wieder keinen Parkplatz bekommst, dann liegt es vielleicht auch daran, dass du schon so oft keinen Parkplatz bekommen hast und schon vorher denkst, „Oh das wird bestimmt wieder schwierig mit dem Parken." Du strahlst diesen Gedanken aus und er bestätigt sich.

Was könnte nun die Lösung sein? Natürlich, einen Parkplatz zu bekommen!

Wie wäre es, wenn du dir eine andere Vorstellung kreierst? Du stellst dir vor, dass gerade eine Parklücke auf dich wartet und freust dich darüber. Du fährst los und bekommst diesen Parkplatz auch. Die Wahrscheinlichkeit, dass das passiert, ist wesentlich höher, als wenn du in deinem negativen Gedanken verharrst.

Wenn du beginnst, lösungsorientiert zu denken, ist es wichtig, zu verstehen, dass du eine andere Ebene der Betrachtung einnimmst. Schon Einstein hat gesagt, dass wir ein Problem niemals auf der gleichen Ebene lösen können, auf der es entstanden ist. Vielleicht weißt du manchmal nicht, wie die Lösung aussehen könnte. Das macht nichts, denke einfach an die beste Lösung für dein Problem und freue dich, dass die Lösung sich zeigen wird. In jedem Problem liegt das Potenzial der Lösung schon in dir. Wenn du dich vertrauensvoll dieser „Best off"-Lösung hingibst, begibst du dich direkt auf den Weg dahin.

Probiere es aus, schreibe deine Erfolge in dein Lebensbuch und erkenne, dass du selbst die Lösung bist. Wenn du das erkannt hast, gibst du den Weg für Möglichkeiten frei und neue Potenziale öffnen sich in dir und zeigen die Lösung auf.

Welche Probleme wälzt du in deinem Kopf und wie könnte eine Lösung aussehen? Nimm dein Lebensbuch und notiere dir deine Lösungen.

Wie wäre es, wenn du mehr Verantwortung für dein Leben übernehmen würdest, indem du dich mehr wertschätzt und dir Anerkennung schenkst? Was würde wohl für eine Folge daraus entstehen? Du strahlst mehr Wert und Anerkennung für dich aus und bekommst mehr Aufmerksamkeit von deinem Umfeld.

Du gehst liebevoll mit dir um, auch wenn du in deinen Augen gerade einen Fehler gemacht hast. Fehler sind dazu da, Erfahrungen zu machen und lassen dich reifen und wachsen. Erkenne die Lernerfahrung, die wie ein Schatz darin enthalten ist.

Verantwortung für dich zu übernehmen, bedeutet auch, dass du dich gut abgrenzen kannst und auch mal „Nein" sagst. Du erlaubst eine gute Balance in dir und gönnst dir Zeit für dich, auch wenn es manchmal für dein Umfeld ungewohnt ist. Zum Beispiel entscheidest du dich, deinem Freund nicht beim Umzug zu helfen, weil es dir gerade selbst einfach nicht gut geht. Du fühlst dich erschöpft und bist einfach nicht fit. Statt dich jetzt zusammenzureißen und irgendwie beim Umzug doch noch zu helfen, sagst du ab und kümmerst dich um dich. Du erholst dich von deiner anstrengenden Woche. Sei ehrlich und aufrichtig zu dir und werde dir selbst gerecht. Gebe dir den 1.Platz in deinem Leben!

Ein altes chinesisches Sprichwort sagt: „Wenn es der Mutter in der Familie nicht gut geht, geht es keinem in der Familie gut".

Wir erleben es oft, dass es für die Menschen schwierig ist, sich auf den ersten Platz zu stellen. Zum Beispiel die Kinder oder dein Partner sind oft viel wichtiger und es entsteht eine Kettenreaktion. Es gibt immer wichtigere Dinge, als du selbst. Wenn du jedoch müde und erschöpft bist, hast du weniger zu geben.

Wie ist das bei dir? Kannst du dir den 1.Platz im Leben erlauben? Manchmal hindern dich deine Prägungen daran. Vielleicht hast du dann das Gefühl, zu egoistisch zu sein oder machst dir Sorgen darüber, was andere von dir denken. Wenn du dir erlaubst, dich als Mittelpunkt in deinem Leben zu betrachten, hat das nichts mit Egoismus zu tun.

Du setzt in dem Moment so viel Kraft in dir frei, dass du genug Power hast für dich und dein Umfeld. Je mehr Verantwortung du für dich selbst übernehmen kannst, desto besser wirst du dich fühlen und kannst auch andere besser in ihre Verantwortung stellen. Du weißt: Was du säst, das erntest du auch!

Pablo kam zum nächsten Termin und strahlte. Er war so berührt von seinem eigenen Lebensbuch. Er erzählte uns, dass er sich noch niemals zuvor so intensiv mit sich selbst beschäftigt hat. Er hat erkannt, dass er immer nur funktionierte und aus Mangel an eigenen Bedürfnissen in ein tiefes Selbstmitleid verfiel. Er hat von anderen erwartet, dass sie seine Bedürfnisse nach Liebe und Anerkennung stillen, doch weder Chef, noch Ehefrau konnten dem gerecht werden. So war er immer nur enttäuscht und tief traurig über sein Leben.

Pablo war sich seines Handelns und auch der Konsequenzen seines Denkens nicht bewusst. Durch sein Denken, keiner meint es gut mit ihm, hat er unbewusst immer wieder ähnliche Situationen erschaffen.

Spüre in dich hinein, sei der Beobachter in deinem Leben. Kannst du selbstbestimmt Entscheidungen für dich treffen, egal wie sie ausgehen? Kannst du Fehler zugeben und offen dazu stehen? Bist auch du in einer Opferrolle gefangen und gibst anderen die Schuld für deine Probleme im Leben? Kannst du gut für dich selbst sorgen und auch einmal „Nein" sagen?

Nun nehme dein Lebensbuch in die Hand und beantworte jede Frage aufrichtig und ehrlich. Sei authentisch. Du kannst dich freuen, denn du hast deine eigene Wahrheit gefunden. Mehr und mehr wirst du erkennen, wie wohltuend es ist, ehrlich zu dir selbst zu sein und mit jeder Erfahrung wächst dein Mut und deine Klarheit, was du wirklich brauchst.

Du bist großartig und denke daran, du stehst ab jetzt auf Platz 1 in deinem Leben!

Das Wichtigste zusammengefasst:

- ✓ Deine Verantwortung beginnt schon bei jedem Gedanken, den du denkst.
- ✓ Du handelst selbstbestimmt und denkst nicht in Problemen, sondern in Lösungen.
- ✓ Schon Einstein hat gesagt, dass wir ein Problem niemals auf der gleichen Ebene lösen können, wo es entstanden ist.
- ✓ Du kannst Dich gut abgrenzen und auch mal „Nein" sagen.
- ✓ Ein altes chinesisches Sprichwort sagt: „Wenn es der Mutter in der Familie nicht gut geht, geht es keinem in der Familie gut".
- ✓ Wenn du dir erlaubst, dich als Mittelpunkt in deinem Leben zu betrachten, hat das nichts mit Egoismus zu tun. Du setzt in dem Moment so viel Kraft in dir frei, dass du genug Power hast für dich und dein Umfeld.
- ✓ Du stehst auf Platz 1 in deinem Leben.

2.4. Denken - Fühlen - Handeln - es gehört zusammen und bildet eine Einheit

Susanne ist 41 Jahre alt und eine Teilnehmerin in unserem Coaching. Sie erzählt uns, dass sie als Kind die Lebensfreude pur war. Ein strahlendes, selbstbewusstes Kind. Jeden Baum ist sie hoch geklettert und jede Mauer herunter gesprungen. Sie war ein abenteuerlustiges Kind und liebte es, verrückte Dinge zu tun.

Sie liebte die Natur, die Bäume und Tiere. Sie war ein absoluter Freigeist. Sie wollte das Leben immer ganz auf ihre eigene Art erfahren und entdecken. Susanne stand da, war selbst sehr bewegt von ihrer eigenen Geschichte. Sie berichtete uns von ihrer Schulzeit. „Ich erinnere mich, dass es ungewohnt war, still zu sitzen und Texte auswendig zu lernen. Eigentlich liebte ich es, zu lesen und zu schreiben. In der Schule hatte ich das Gefühl, dass die Lehrerin sich nicht in meine Geschichten hineinversetzten konnte und ich deswegen öfters eine schlechte Note bekam. Ich hatte plötzlich keinen Spaß mehr am Lesen und Schreiben. Ich habe gedacht, dass ich das alles nicht kann. Ich hatte das Gefühl, ich passe weder zu Hause noch in das Schulsystem rein. Ich fühlte mich außen vor."

Susanne fühlte sich hilflos und ausgeliefert. Sie hatte sich immer mehr abgekoppelt von ihrem Gefühl. Die Schule konnte sie nicht mehr begeistern. Es wurde eher eine Pflicht und sie lernte zu funktionieren. Sie versank in Tagträume, war unkonzentriert und kriegte nicht mit, was der Lehrer sagte.

Was macht diese Erfahrung heute mit Susanne?

Heute vermisst sie diesen Freigeist in sich. Sie fühlt keine Lebensfreude mehr und sehnt sich nach dem abenteuerlustigen Kind in ihr, dem es egal ist, was andere denken und das einfach nur spielen und entdecken will.

Einfach nur spielen und entdecken! Das ist das, was sich jedes Kind wünscht.

Wo ist das in deinem Leben möglich gewesen? Kannst du dich erinnern, wie du dich als Kind gefühlt hast? Hattest du Ideen, von denen du begeistert warst und von deinem Gegenüber kamen unzählige Gründe, warum die Idee nicht gut ist und du es lieber lassen solltest? Oft legen wir dann unsere Idee beiseite und passen uns der Meinung des anderen an.

Wie oft hast du ganz vertieft mit deinem Lieblingsspielzeug gespielt und plötzlich hieß es „Du musst los zur Schule!" oder „Komm, es gibt Essen". Du wurdest während dem Spielen unterbrochen, dabei war es doch gerade so schön. Jetzt sollst du einfach aufhören und den Worten deiner Mutter folgen? Einfach so?

Da du dich als Kind nach Liebe sehnst und dazugehören willst, hast du angefangen, deine eigenen Bedürfnisse zurückzustellen und dich angepasst. Du hast deine Natürlichkeit unterdrückt. Du musstest einfach funktionieren und das war dann irgendwann dein Normalzustand. Du bist nicht mehr du selber.

Du hast kein Gefühl mehr für dich. Wer du wirklich bist und was du brauchst, um wirklich glücklich zu leben. Dadurch kannst du dich auch in andere nicht mehr gut hineinfühlen. Die Empathiefähigkeit geht verloren. Das bedeutet also, du musst deine Gedanken und deine Gefühle wieder miteinander verbinden. Sie gehören zusammen und können nicht getrennt voneinander existieren, wenn du dein volles Potential entfalten und pure Lebensfreude leben willst. Du kannst nur in dieser Einheit selbstbewusst leben, dich selbst verstehen und dich selbst lieben.

Susanne ist mittlerweile eine Expertin darin, ihre Gefühle bewusst wahrzunehmen und mit ihrem Denken zu verbinden. Sie hat mit Hilfe ihres Lebensbuches verstanden, dass sie in ihrem Unterbewusstsein eine Unterdrückungs-Strategie aufgebaut hat, um ihre wahren Gefühle nicht mehr zu spüren.

Was ist eine Unterdrückungs-Strategie? In dem Moment, in dem du in die Anpassung gehst und deine Gefühle unterdrückst, baut dein Unterbewusstsein ein neues Verhaltensmuster auf. Es braucht einen Ersatz. Du darfst das eine nicht sein, dann brauchst du eine Alternative, die passend ist. Du fängst zum Beispiel an, deinen Fernseher anzustellen. Du lenkst dich ab, um das Gefühl wegzudrücken und nicht mehr zu fühlen. Du fängst vielleicht an, etwas zu essen oder beschäftigst dich mit deinem Handy. Du tust alles, um dich von deinem Gefühl abzulenken. Dieses Muster setzt sich fest. Du verankerst es so tief in dein Unterbewusstsein, dass du schon, bevor dieses Gefühl in dir hochkommt, in das Muster fällst und dich ablenkst.

Susanne kompensiert die Anpassung mit unbewusstem Essen. Bevor ein Gefühl der Sehnsucht in ihr überhaupt hochkommen kann, spürt sie in sich den Drang, etwas zu essen.

Sie erzählt uns im Coaching, dass sie das sehr unglücklich macht. Sie isst dann Dinge, die ihr überhaupt nicht guttun und ist danach richtig wütend mit sich selbst, weil sie eigentlich gar nichts essen wollte. Ihr Unterdrückungsmuster war stärker. Sie gerät immer wieder in einen inneren Kampf. Das ist ermüdend und ein absoluter Lebensfreude-Killer.

Kennst du auch diese Ablenkungen in deinem Alltag? Wann koppelst du dich von deinem Gefühl ab und wechselst in ein Verhaltensmuster, um dich anzupassen? Vielleicht betäubst du dich mit Sport, der aber eigentlich jetzt gerade viel zu viel für deinen Körper ist? Oder du gehst shoppen und konsumierst viele Dinge, die du eigentlich gar nicht brauchst, aber das Kaufen gibt dir eine Ersatzbefriedigung, ein gutes Gefühl.

Bringe deine Gedanken und dein Gefühl wieder in Verbindung. Erst dann kannst du dein Handeln bewusst bestimmen. Sei Beobachter deiner Gefühle und schreibe alles auf, was dich innerlich bewegt!

Mach dich auf, trau dich und komme jetzt wieder in den Kontakt mit deinen Gedanken und Gefühlen. Schnapp dir dein Lebensbuch und schreibe auf, was du fühlst, wenn du denkst. Du öffnest dadurch eine weitere Tür zur puren Selbstliebe und deiner inneren Kraft. Du bist stark, selbstbewusst und kannst alles schaffen, was du wirklich willst!

Das Wichtigste zusammengefasst:

- ✓ Da du dich als Kind nach Liebe sehnst und dazugehören willst, hast du angefangen, deine eigenen Bedürfnisse zurückzustellen und dich angepasst.
- ✓ Du musstest einfach funktionieren und das war dann irgendwann dein Normalzustand.
- ✓ Du hast kein Gefühl mehr für dich. Wer du wirklich bist und was du brauchst, um wirklich glücklich zu leben.
- ✓ Die Empathiefähigkeit geht verloren. Das bedeutet also, du musst deine Gedanken und deine Gefühle wieder miteinander verbinden.
- ✓ Deine Gedanken und Gefühle gehören zusammen und können nicht getrennt voneinander existieren, wenn du dein volles Potential entfalten und pure Lebensfreude leben willst.
- ✓ Was ist eine Unterdrückungs-Strategie? In dem Moment, in dem du in die Anpassung gehst und deine Gefühle unterdrückst, baut dein Unterbewusstsein ein neues Verhaltensmuster auf.

- ✓ Dieses Muster setzt sich fest. Du verankerst es so tief in dein Unterbewusstsein, dass du schon, bevor dieses Gefühl in dir hochkommt, in das Muster fällst und dich ablenkst.

3. Schritt

Bevor wir jetzt in den dritten Schritt starten, bitten wir dich einfach einmal kurz, innezuhalten und tief durchzuatmen. Du hast es bis hierher geschafft. Mache dir das ganz bewusst! Du bist schon richtig weit gekommen!

Dein Lebensbuch nimmt an Fahrt auf und füllt sich mehr und mehr. Du lernst dich immer besser kennen und weißt, was du wirklich brauchst! Du hast deine Gedankenwelt beobachtet und gelernt, deine Gefühle wieder bewusst wahrzunehmen. Du verstehst jetzt, dass es für den nächsten Schritt unabdingbar ist, dein Denken, Fühlen und dein Handeln zu vereinen. Das, ist einfach großartig! Wie wäre es, wenn du dich jetzt dafür wertschätzen könntest?

Nimm deine Hand und klopf dir auf die Schulter!

Du hast mit deinem Lebensbuch begonnen, deine eigene Erfolgsgeschichte zu schreiben. Dein Leben, deine Geschichte, dein Erfolg! Das ist etwas, das kann dir niemand nehmen. Es ist deine ganz persönliche Geschichte, dein

Weg in ein glückliches Leben! Dein Lebensbuch gibt es so nur einmal auf dieser Welt! Du bist einzigartig!

Wir selbst wissen, wie es ist, sich mit sich selbst zu konfrontieren und wirklich alles in einem bewusst und klar zu erkennen. Vieles wird aufgedeckt, du verstehst dich einfach immer besser. Anfangs fällt es dir vielleicht schwer, deine Gedanken zu beobachten und in deine Gefühlswelt einzutauchen, aber du merkst, wie es dir immer leichter fällt und es für dich zu einer neuen Gewohnheit wird. Es fängt jetzt an, im 3. Schritt, so richtig Spaß zu machen. Lass uns gemeinsam den nächsten Schritt starten, um dein Lebensbuch weiterzuführen!

Im 3. Schritt geht es darum, dass du deine Gedanken und Gefühle mit deinem Herzen verbindest. Was genau das bedeutet, wirst du im weiteren Verlauf des Buches verstehen.

Komm mit, wir fangen jetzt an, gezielt deine Türen zu öffnen, für dein Potenzial und deinen wahren Sinn im Leben!

3.1. Selbstreflexion - Du erkennst dein wahres Selbst

Um dich selbst zu reflektieren, ist es wichtig, dass du Schritt 1 und Schritt 2 umgesetzt hast. Sie sind Grundlage für alles Weitere. Bitte, denke nicht, du musst jetzt alles perfekt können. Darum geht es nicht. Du musst wissen, dass es wichtig ist, zuerst deine Gedanken und dann deine Gefühle zu betrachten, denn das benötigst du, um mit der Selbstreflexion zu beginnen. Alles andere entwickelt sich. Gib dir die Zeit, mehr und mehr in deine innere Kraft und Klarheit über deine negativen Gedanken und Gefühle zu kommen. Selbstreflexion ist eine Voraussetzung für ein unabhängiges, freies und glückliches Leben. Sich selbst zu reflektieren bedeutet, sich selbst zu hinterfragen, um mehr über sich herauszufinden, sich also kennenzulernen. Bist du jemand, der weiß, wer er wirklich ist? Oder kennst du Menschen, die voll in ihren 100 % leben?

Die meisten Menschen haben sich in der Welt der Reizüberflutung und Ablenkung verloren. Sie leben unbewusst in der Anpassung und sind einfach nicht sie selbst. Sie funktionieren nur noch.

Kai lebte viele Jahre die Prägungen und negativen Glaubenssätze seines Vaters weiter. Er merkte dies erst, als seine Frau ihn darauf aufmerksam macht und es immer öfter Streit gibt. Seine Frau hat ihm geholfen, sich selbst zu reflektieren. Ihm konnte dadurch klar werden, dass er die Prägungen unbewusst weiterlebt und sie an seine Kinder weitergibt. Das wollte er durchbrechen! Er nahm sein Lebensbuch zur Hand und konnte durch sein Geschriebenes reflektieren, wer er momentan war und welche Verhaltensmuster er auslebt.

Selbstreflexion ist ein Schlüssel für Glück und Erfolg, für das Öffnen deiner Potentiale und Leben deiner Berufung.

Du kannst aus deinen Erfahrungen lernen und neu wählen, eine neue Entscheidung treffen.

Es entstehen neue Strategien und Denkmuster für deinen Alltag. Zur Selbstreflexion gehört, dass du ein offenes Ohr für deine Intuition, dein Herz- oder Bauchgefühl hast. Du brauchst diesen Zugang, um wirklich erkennen zu können, welche Richtung du einschlagen kannst. Du weißt dann, wie du die Segel setzen musst, um den für dich besten Weg zum Ziel zu gehen.

Frage dich an dieser Stelle: Wann machst du etwas aus Verstandesgründen, obwohl dein Herz dir etwas anderes sagt? Du hast z.B. eine klare Vorstellung davon, welche Jacke du kaufen willst. Du weißt ganz genau, wie sie aussehen soll. Sie soll blau sein. Du gehst in den Laden und suchst die blaue Jacke. Plötzlich fällt dein Blick auf eine Schaufensterpuppe. Sie trägt eine Jacke. Die Jacke ist aber rot. Du kannst deinen Blick nicht mehr abwenden und weißt in dir: „Das ist meine Jacke! Die will ich! Keine andere!" Du probierst sie an und stellst fest, dass sie einfach genial zu dir passt, obwohl deine Vorstellung bisher eine andere war! Nie hättest du gedacht, dass eine rote Jacke dir so gut steht. Was ist passiert? Dein Herz weiß die für dich beste Lösung. Uns haben Menschen erzählt, dass sie vorm Traualtar standen und ihr Herz sprach: „Lass es lieber bleiben!" Sie wussten tief in sich drin ganz genau, dass es für sie nicht der richtige Weg ist, den Mann oder die Frau zu heiraten! Der Verstand spricht sehr laut und findet viele Gründe, warum du jetzt nicht einfach schnell weglaufen und „Nein" sagen darfst. „Was sagen die anderen?

Es ist doch alles vorbereitet? Wir sind schon so lange zusammen und dann bin ich wieder alleine?“ Mach dir eines jetzt bewusst: Auch wenn du nach deinem Verstand entscheidest und im Nachhinein merkst, es war für dich nicht der richtige Weg, ärgere dich nicht. Versuche zu erkennen, dass du diese Wahl in dem Moment genauso getroffen hast und du deswegen jetzt der Mensch bist, der du bist. Erinnere dich: Es gibt keine falschen Entscheidungen! Du hast diese Erfahrung gewählt und sie bringt dich weiter! Immer! In jeder Erfahrung liegt immer ein Geschenk für dich bereit, auch wenn es nicht sofort ersichtlich ist! Uns berichten Teilnehmer, dass sie wütend auf sich sind, wenn sie falsche Entscheidungen getroffen haben. Gerade wenn es um große Entscheidungen geht, wie im oberen Beispiel. Eine Entscheidung, die dein Leben formt und prägt. In deinem Lebensbuch findest du Platz, um jetzt Erfahrungen hineinzuschreiben, die genau das widerspiegeln. Du hast damals tief in dir gespürt, dass eine Entscheidung nicht richtig ist und hast dich trotzdem dafür entschieden! Was macht das heute mit dir? Es ist deine Erfahrung! Schreibe auf, was dich bewegt! Lass alles aus dir heraus. Wie fühlst du dich heute damit? Bist du wütend oder kannst du diese Erfahrung so hinnehmen?

Auf zu neuen Ufern! Hab den Mut, deinem inneren Wegweiser wieder zu vertrauen und zu folgen. Mache dir zur Gewohnheit, jeden Tag einmal mehr auf dein Herz zu hören, auch wenn es noch so absurd ist. Probiere es einfach aus. Probiere es bei den kleinen Dingen aus. Horche in dich hinein, was du heute Morgen trinken willst. Übe dich bei kleinen Dingen im Alltag und dein Vertrauen wächst in die Stimme deines Herzens und letztlich zu dir selbst. Du machst die Erfahrung, dass der Herzensweg dir einfach guttut. Dann kannst du auch bei großen Entscheidungen dein Herz hören und gehst ohne Umwege zum Ziel.

Was genau ist Selbstreflexion und was hat das Herzgefühl damit zu tun? Selbstreflexion heißt: Du bist Beobachter! Du schaust dich und dein Handeln, deine Gedanken und deine Gefühle von „außen" an. Du nimmst dich ernst! Dadurch erschaffst du einen Abstand zum Erlebten, ohne deinen Blick abzuwenden. Du bist der neutrale Zuschauer deines Lebens! Der Zuschauer fühlt nicht die Emotion, aber er kann sie sehen und beobachten! Dieser Effekt des neutralen Beobachtens, bewirkt eine unglaubliche Erleichterung. Dein Herzgefühl hilft dir, in der Selbstreflexion den leichteren Weg zu finden und ihn dann auch zu gehen.

Durch das Beobachten hast du Abstand von deinem Gedanken- und Gefühlschaos in dir. Du kannst die Stimme deines Herzens wieder klarer in dir wahrnehmen. Vertraue immer mehr auf dein Herz und du fängst automatisch an, dich mehr zu lieben.

Das Wichtigste zusammengefasst:

- ✓ Selbstreflexion ist eine Voraussetzung für ein unabhängiges, freies und glückliches Leben.
- ✓ Sich selbst zu reflektieren bedeutet, sich selbst zu hinterfragen, um mehr über sich herauszufinden, sich also kennenzulernen.
- ✓ Selbstreflexion ist ein Schlüssel für Glück und Erfolg, für das Öffnen deiner Potentiale und Leben deiner Berufung.
- ✓ Zur Selbstreflexion gehört, dass du ein offenes Ohr für deine Intuition, dein Herz- oder Bauchgefühl hast.
- ✓ Dein Herz weiß die für dich beste Lösung.
- ✓ Der Verstand spricht sehr laut und findet viele Gründe, warum du etwas nicht tun sollst!
- ✓ In jeder Erfahrung liegt immer ein Geschenk für dich bereit, auch wenn es nicht sofort ersichtlich ist!
- ✓ Hab den Mut, deinem inneren Wegweiser wieder zu vertrauen und zu folgen.

- ✓ Der Herzensweg tut einfach gut!
- ✓ Dein Herzgefühl hilft dir, in der Selbstreflexion den leichteren Weg zu finden und ihn dann auch zu gehen.
- ✓ Vertraue immer mehr auf dein Herz und du fängst automatisch an, dich mehr zu lieben.

3.2. Du bist Gestalter deines Lebens!

Mit deiner Entscheidung, hier auf diese Erde zu kommen, hast du dich automatisch dafür entschieden, Gestalter deines Lebens zu sein. Warum? Der Ursprung des Menschen liegt darin, sein Leben selbst zu kreieren und dem Leben eine Form zu geben. Du hast es bloß vergessen. Durch die Anpassung, die Prägungen und negativen Gedanken vergisst du mehr und mehr, wer du wirklich bist. Du hast vergessen, dass du die Macht in deinem Leben bereits besitzt, alles zu verändern. Du fragst dich jetzt vielleicht, ob das wirklich so ist, weil dein Leben dir momentan etwas anderes zeigt. Das Negative in deinem Leben hast du dir ja schließlich nicht ausgesucht. Gestalter deines Lebens zu sein, erfordert Bewusstsein. Du musst absolut bewusst und bereit sein, deine volle Verantwortung für dich und dein Leben zu übernehmen, damit du bewusst dein Leben gestalten kannst. Dein Leben spiegelt dir sonst einfach nur deine unbewussten Prägungen. Es reagiert auf alles, was du denkst, fühlst und was unbewusst in dir schlummert.

Schritt 1 und Schritt 2 haben dir bis hierher geholfen, dir deine Gedanken und Gefühle bewusst zu machen. Die zwei wichtigsten Schritte bis hierher, um dich jetzt daran zu erinnern, dass du dein Leben gestaltest und nicht jemand anders.

Lass uns noch einmal einen Blick auf Pablo werfen. Pablo gibt seinem Umfeld und seinem Leben die Schuld an seiner Misere. Er glaubt, dass die Ursache im Außen liegt. Er tut alles für seine Familie und wird trotzdem von seiner Frau verlassen. Er hat schon mehrmals seine Arbeitsstelle gewechselt und bekommt immer wieder die gleichen Probleme. Er versteht einfach nicht warum. Er vergleicht sich mit anderen, deren Leben scheinbar ganz leicht ist und alles einfach nur so fließt. Das Vergleichen mit anderen bewirkt in ihm noch mehr Traurigkeit, weil er anfängt, an sich zu zweifeln und sich fragt „Was mache ich falsch?" Pablo sucht die Schuld für sein Leben im Außen. Er versucht, durch sein aufopferndes Verhalten irgendwie seinem Leben eine bessere Richtung zu geben und verrennt sich mehr und mehr in negative Gefühle. Eine Abwärtsspirale, aus der er nur herauskommt, wenn er erkennt, dass seine Lebenssituation aus seinem Inneren heraus entspringt.

Lass uns nochmal tiefer in das Beispiel deiner Parkplatzsuche gehen. Stelle dir folgende Situation vor: Dein Terminkalender ist heute voll mit wichtigen Terminen. Der erste Termin hat heute länger gedauert und du bist spät dran. Der nächste Termin beginnt bald und du musst schnell in dein Auto springen, um pünktlich zu kommen. Du hast es eilig. Was passiert dir auf deinem Weg? Alle Ampeln sind rot. Du hast einen Traktor vor dir, den du nicht überholen kannst, weil ständig Gegenverkehr kommt. Dann kannst du endlich überholen und Gas geben, stehst du im nächsten Ort vor einer geschlossenen Schranke. Ein Zug kommt. Die Schranke geht hoch. Es ist nicht mehr weit bis zum Ziel. Du fährst weiter und bist fast angekommen. Aber wo parken? Alle Parkplätze vor dem Gebäude sind belegt. Du fährst weiter und findest in der Nebenstraße noch eine freie Lücke für dein Auto. Du nimmst geschwind deine Tasche und flitzt los. Ganz erschöpft und gehetzt kommst du bei deinem Termin an. Es hätte doch auch einfach flutschen können oder? Die Ampeln hätten doch auch einfach auf Grün stehen, der Traktor erst nach dir in die Straße einbiegen können und der Zug Verspätung haben. Es hätte ein Auto, gerade als du ankommst, vor dem Gebäude ausparken können und du hättest es tatsächlich geschafft, pünktlich zu sein. Du würdest dich wahrscheinlich viel entspannter fühlen. Letztlich denkst du „Heute ist nicht mein Tag. Es geht alles schief" oder du denkst „Ich wusste schon beim Aufstehen, dass heute nicht mein Tag ist". Was ist passiert? Bist du einfach nur mit dem falschen Fuß aufgestanden? War das alles nur eine Aneinanderreihung von unglücklichen Zufällen? Schicksal? So ist das eben manchmal? Oder sogar von anderen Personen bestimmt?

Wir möchten dir an dieser Stelle ein wichtiges Lebensgesetz verraten: **Energie folgt der Aufmerksamkeit!**

Jeder Gedanke, jedes Gefühl, jede Emotion, jede innere Blockade und jeder negative Glaubenssatz ist in dir als Energie wirksam.

Das heißt also, dass alles, was du denkst und fühlst, dir im Außen widergespiegelt wird. Du hast Stress, weil du spät dran bist. Deine Gedanken verursachen Angst in dir. Eine Emotion. Du hast Angst, zu spät zu kommen. Du fragst dich, was denken die anderen dann von dir, wenn du zu spät kommst? Du willst nicht ausgegrenzt werden. Du hast den Glaubenssatz in dir: Zu spät kommen, ist nicht gut, weil der andere dann wartet und sich vielleicht sogar ärgert. Das willst du nicht. Dieser negative Gedanke spiegelt sich nach außen. „Ich komme zu spät!" Was bringt dir dein Leben? Genau das, was du denkst! Es tut alles, damit du zu spät kommst. Energie folgt der Aufmerksamkeit. Dort, wo du dich hindenkst, wird es mehr. Du denkst permanent, dass du zu spät kommst und steckst so viel Energie und Aufmerksamkeit dort rein, dass ein Überschuss entsteht, der sich ausgleichen will. Du nimmst es zu wichtig, deine Gedanken kreisen nur noch um dein Thema und es entsteht ein Ungleichgewicht, das wieder ins Gleichgewicht kommen will. Eine Spannung, die sich entspannen will.

Jetzt stell dir einmal vor, dein erster Termin ist wirklich länger gegangen. Du bist dir darüber bewusst und atmest verstmal tief durch. Du weißt, wenn du jetzt in Hektik verfällst, wirst du nicht schneller ankommen, sondern eher aufgehalten. Die Kraft der Resonanz! Resonanz bedeutet Anziehung. Du ziehst Ereignisse in dein Leben, die dich aufhalten. Da du ja jetzt schon mit deinem Lebensbuch sehr weit fortgeschritten bist, kannst du mit Hilfe der Selbstreflexion in die Beobachterrolle schlüpfen und dich ganz bewusst entscheiden, dass du zum richtigen Zeitpunkt ankommst. Vielleicht kommst du dann immer noch zu spät, aber der andere vielleicht auch. Dein Leben bringt dir automatisch, die für dich besten Umstände, wenn du die Verantwortung als Gestalter in deinem Leben wieder übernimmst. Du gehst raus aus der Opferrolle und wirst wieder zum Gestalter deines Lebens.

Nimm jetzt dein Lebensbuch zur Hand und schreibe auf: Wo in deinem Leben fühlst du dich als Opfer deiner Umstände? Wann denkst du, dass andere für deine Lebensumstände schuld sind? Nimm dein Steuer auf deiner Lebensreise wieder selbst in die Hand und bestimme selbst, wann du schnell und wann du langsam fahren willst, oder wohin deine Reise geht.

Das Wichtigste zusammengefasst:

- ✓ Der Ursprung des Menschen liegt darin, sein Leben selbst zu kreieren und dem Leben eine Form zu geben. Du hast es bloß vergessen.
- ✓ Du hast vergessen, dass du die Macht in deinem Leben bereits besitzt, alles zu verändern.
- ✓ Gestalter deines Lebens zu sein, erfordert Bewusstsein.
- ✓ Ein wichtiges Lebensgesetz lautet: Energie folgt der Aufmerksamkeit!
- ✓ Jeder Gedanke, jedes Gefühl, jede Emotion, jede innere Blockade und jeder negative Glaubenssatz ist in dir als Energie wirksam.
- ✓ Dort, wo du dich hindenkst, wird es mehr.
- ✓ Ein Ungleichgewicht will sich immer ausgleichen.
- ✓ Dein Leben bringt dir automatisch, die für dich besten Umstände, wenn du die Verantwortung als Gestalter in deinem Leben wieder übernimmst.

3.3. Bedürfnisse - Du erkennst, was du wirklich willst und brauchst

Sind deine Grundbedürfnisse erfüllt, fühlst du dich angenommen und geliebt. Du erfährst sowohl Zusammenhalt in einer Gruppe als auch deine ganz persönliche Freiheit, damit du alle Möglichkeiten nutzen kannst, um dich optimal zu entfalten. Du hast eine gute Verbindung zu dir und hast den Mut, für dich einzustehen. Um deine Entdeckerfreude und angeborene Lebenslust als Kind voll entfalten zu können, brauchst du den Halt und die natürliche Bindung im Elternhaus. Wenn dein Selbstwert sich natürlich entwickeln soll, brauchst du Wertschätzung und Anerkennung und das Gefühl, so geliebt zu werden, wie du bist. Sind diese Bedürfnisse nicht ausreichend genährt worden, zeigen sie sich später in Form von unerfüllten Wünschen in dir. Gibt es Wünsche, die du dir gerne erfüllen möchtest? Vielleicht möchtest du deinem Freiheitsdrang nachgehen und eine langersehnte Reise unternehmen oder du sehnst dich nach einer glücklichen Partnerschaft?

Das Bedürfnis nach Bindung und Zugehörigkeit

Als Kind ist es dir ein großes Grundbedürfnis eine feste Bindung mit deinen Eltern aufzubauen. Diese Bindung ermöglicht dir ein natürliches Grundvertrauen in andere Menschen oder auch Situationen im Alltag und letztlich in die Welt. Du fühlst dich gestärkt und sicher und kannst mit Herausforderungen gut umgehen. Wenn deine Eltern verlässlich für dich da waren und du weißt, dass sie dir diesen sicheren Hafen bieten, kannst du mutig und freudig die Welt erkunden. Du weißt genau, wenn es schwierig wird, hast du Halt und Sicherheit. Sie sind für dich da, helfen dir und lassen dich nicht im Stich. Du gehörst dazu! Du weißt, du bist in dieser Einheit geborgen und sicher aufgehoben! Durch diese Sicherheit, können dir tiefe Wurzeln fürs Leben wachsen.

Bitte halte jetzt einen Moment an und atme tief durch. Du weißt aus Schritt 2, wie du deine Gefühle beobachten kannst. Wie fühlst du dich, wenn du diese Zeilen liest? Wie geht es dir? Vielleicht bist du traurig, weil du nicht die Erfahrung machen konntest, tiefe Wurzeln wachsen zu lassen. Schreibe diese Erfahrung unter Schritt 3 auf. Vielleicht konntest du diese Wurzeln nicht in dir verankern und hast diese tiefe Bindung nicht erlebt, z.B. weil deine Eltern zwar zu Hause waren, aber trotzdem abwesend oder einfach zu sehr mit ihren eigenen Problemen beschäftigt waren.

Dein Elternhaus war gut, so wie es war und aus unserer langjährigen Erfahrung wissen wir, dass Eltern immer versuchen, das Beste zu geben. Oft stecken sie selbst fest und können es einfach nicht besser. Es löst in dir vielleicht das Gefühl aus, kein Teil von deiner Familie zu sein. Du fühlst dich ausgeschlossen. Du hast keine Verbindung. Dadurch kann es sein, dass es dir heute schwer fällt, Bindung zuzulassen und du dich alleine fühlst. Vielleicht sehnst du dich nach einer Partnerin/einem Partner oder hast schon eine Beziehung, die einfach nicht so richtig rund läuft. Vielleicht willst du ausbrechen oder fühlst dich erdrückt oder allein und kannst das gemeinsame Leben nicht wirklich genießen. Das Schöne daran ist, dass es jederzeit möglich ist, auch als Erwachsener die Bindung erst in sich selbst und dann zum Leben wiederherzustellen. Das Bedürfnis nach Bindung ist ganz natürlich in uns angelegt und äußert sich oft in uns, wenn der Wunsch besteht, mal wieder Freunde zu treffen, gemeinsam wandern zu gehen oder zu feiern. Gemeinschaft ist etwas so Fundamentales und Gesundes für einen Menschen, dass es wichtig ist, diesem Bedürfnis nachzugehen. Der Mensch ist nicht dazu geboren, alles alleine zu schaffen, deswegen ist die Gruppe, der Halt und die Geborgenheit, die jeder in einer Gemeinschaft erfährt, enorm wichtig für ein glückliches Leben. In der Gemeinschaft kannst du alles teilen. Du fühlst dich sicher und weißt, dass du nicht ausgeschlossen wirst, nur weil du gerade nicht funktionierst. Du darfst so sein, wie du bist. Freunde helfen dir, deine inneren Sehnsüchte zu erkennen und aus der Tiefe deiner Seele zu locken.

Wie geht es dir, wenn du diese Zeilen liest? Fühle in dein Herz hinein. Was sind deine tiefsten Wünsche und wonach sehnst du dich? Schreibe deine Herzenswünsche in dein Lebensbuch. Es ist dein Kompass zur Erfüllung deiner Bedürfnisse.

Das Bedürfnis nach Freiheit

Wenn wir als Kind diese tiefen Wurzeln in uns spüren, können wir aus diesem Halt heraus die Welt erkunden. Ein Kind hat so eine große Neugier auf das Leben, dass es alles entdecken und mit allen Sinnen erfahren will. Wenn du genug Gelegenheit hattest, im Rahmen des Möglichen deine Welt zu entdecken, wächst dein Selbstwert enorm heran. Du entdeckst, was du alles kannst und wer du bist. Das bedeutet, deine Eltern vertrauen dir. Du bist stolz, weil du dir die Schuhe selbst gebunden hast. Du weißt jetzt, wie du eine Schleife machst. Du hast mit Papa das erste Mal einen Nagel ins Holz gehämmert und durftest die Nudeln im heißen Kochwasser umrühren. Von Natur aus wollen wir uns entfalten, die Welt begreifen und Grenzen sprengen.

Erinnere dich an Jana und ihre Zukunftsängste. Für Jana war es gar nicht so leicht, ihre eigene Freiheit zu entdecken, da ihre Mutter sehr ängstlich war. Das Bedürfnis nach Autonomie konnte Jana nicht ausleben und traut sich heute nicht, ihre inneren Grenzen zu überschreiten.

Wenn du diese Entdeckerfreude nicht ausreichend in dir verankert hast, hast du als Erwachsener oft den tiefen Wunsch nach Freiheit und trotzdem fällt es dir schwer, aus deiner Komfortzone auszutreten.

Wie war das bei dir? Konntest du dich entfalten oder waren deine Eltern ängstlich?

Was kannst du selbst für dein Bedürfnis nach Freiheit tun? Als Erwachsene haben wir unsere Entdeckerfreude oft gegen unsere Pflichten eingetauscht und das macht unglücklich. Gibt es etwas, wofür du brennst? Was würdest du gerne entdecken? Wer bist du ohne deine Regeln und Pflichten? Wahre Freiheit kommt von innen, indem du dir erlaubst, jetzt als Erwachsener diese Grenzen zu sprengen. Es ist so viel mehr in dir.

Du kannst das! Fange jetzt an und schreibe in dein Lebensbuch. Wie hast du dich als Kind gefühlt und was fühlst du heute noch zum Thema Freiheit?

Sprenge deine Grenzen und werde frei!

Das Bedürfnis nach Selbstwert und Selbstbestimmung

Hast du dich als Kind genug ausprobieren dürfen und genug Beachtung erhalten? Hast du gelernt, Fehler zu machen und wurdest dennoch wertgeschätzt? Wenn ja, konnte sich dein eigener Selbstwert bestens entwickeln.

Du fühlst dich wichtig und wertvoll und kannst dich selbst freuen, ein Teil dieser Welt zu sein.

Du lernst, mit Konflikten umzugehen und traust dich, auch mal „Nein" zu sagen. Du hast dadurch den Mut, selbstbestimmt zu handeln, weil deine Eltern dir zutrauen, kleine Entscheidungen, im Rahmen deines Alters, selbst zu treffen.

Damit lernst du schon als Kind, Verantwortung für dich und dein Handeln zu übernehmen. Du kannst dann als Erwachsener mutiger Entscheidungen treffen und auch umsetzen. Wenn du als Kind oft kritisiert wurdest, entstehen diese unbewussten Glaubenssätze in dir: „Du bist nicht gut genug." „Aus dir wird mal nichts." „Nein, das ist falsch" oder „Du bist zu dumm" usw. Als Kind kannst du diese Informationen nicht filtern. Alles, was du hörst, glaubst und hältst du für wahr. Diese Sätze verankern sich tief in dir und du versuchst, als Kind perfekt zu werden. Du gehst in einen Konkurrenzkampf mit anderen oder bist ständig bemüht dazuzugehören. Das ist enorm anstrengend und fordert dich heraus. Erlebst du als Kind diese oder ähnliche Situationen, kann es sein, dass du das Leben als Kampf betrachtest und das Gefühl hast, dich ständig wehren zu müssen. Wie ist das bei dir? Bekommst du genug Wertschätzung im Leben? Wie würdest du deinen Selbstwert einschätzen? Kannst du ein selbstbestimmtes Leben führen oder bestimmen andere über dich? Deine Bedürfnisse wahrzunehmen und zu erkennen, ist dein Schlüssel zur Lebensfreude! Was auch immer du erfahren und erlebt hast, es hat dich zu dem gemacht, der du heute bist. Deine unerfüllten Bedürfnisse rufen nach dir und warten darauf, von dir erfüllt zu werden. Du bist nur eine Entscheidung davon entfernt!

Beobachte und höre in dich hinein und werde dein eigener bester Freund/Freundin. Gehe liebevoll und achtsam mit dir um und schenke dir dein eigenes Glück. Du bist es Wert!

Du hast jetzt ganz viel über deine eigenen Bedürfnisse erfahren. Was hast du alles aufgeschrieben? Was hat dich bewegt? Wenige Menschen haben alle Bedürfnisse in sich gestillt. Du weißt jetzt, nach was du dich sehnst und kannst dich entscheiden, dir deine tiefsten Wünsche selbst zu erfüllen. Sei dankbar für alles, was du schon hast. Atme tief durch. Warum ist Dankbarkeit wichtig? Dankbarkeit öffnet die Tür in dein Herz und öffnet deinen nächsten Schritt. Vielleicht fällt es dir schwer, dein Leben aus der Perspektive der Dankbarkeit zu betrachten. Da ist es gut, wenn du nochmal in die Rolle des Beobachters schlüpfst und dir bewusst machst, dass jeder gut ist, so wie er ist, auch du! Mache dir bewusst, für was du dankbar sein kannst! Du wirst erkennen, dass es in jeder noch so verstrickten Situation, viel Potenzial gibt, um dankbar zu sein. In jeder Situation ist ein Schatz verborgen.

Deine Eltern haben dir das kostbarste Geschenk gemacht: dein Leben!

Gib dir selbst alles, was du brauchst und öffne die Tür in ein erfülltes Leben!

Es liegt an dir!

Das Wichtigste zusammengefasst:

- ✓ Sind Bedürfnisse unerfüllt, zeigen sie sich in Form von unerfüllten Wünschen.
- ✓ Eine natürliche Bindung gibt dir Wurzeln und Vertrauen ins Leben.
- ✓ Das Bedürfnis nach Freiheit lässt dich erfahren, wer du bist und was du kannst.
- ✓ Durch Wertschätzung wächst Selbstvertrauen.
- ✓ Negative Glaubenssätze deiner Kindheit unterdrücken deine Bedürfnisse.
- ✓ Deine Bedürfnisse wahrzunehmen und zu erkennen, ist dein Schlüssel zum Glück!
- ✓ Du kannst dir deine tiefsten Wünsche selbst erfüllen!
- ✓ Wer bist du ohne deine Regeln und Pflichten?
- ✓ Dankbarkeit öffnet dein Herz für den nächsten Schritt.
- ✓ Gib dir selbst alles, was du brauchst und öffne die Tür in ein erfülltes Leben!
- ✓ Es liegt an dir!

3.4. Achtsamkeit - Willkommen im Leben

Hast du auch jeden Tag deine To-Do Liste? Immer diese Liste abarbeiten und am Abend hast du dennoch nicht alles geschafft. Am Ende des Tages fühlst du dich gestresst und völlig erledigt. Du spürst das Leben nicht mehr. Du spürst dich nicht mehr und hast das Gefühl, du funktionierst nur noch.

In unserer hektischen und schnelllebigen Zeit sehnst du dich bestimmt nach mehr Ruhe und Frieden. Nach einem Ankommen in dir. Vielleicht denkst du: „Ach, wenn ich nur mehr Zeit für mich und nicht immer so viel zu tun hätte, würde es mir bestimmt besser gehen."

Was passiert mit dir? Wenn du Stress hast, bist du mit deinen Gedanken nicht bei dir, sondern meistens schon wieder beim nächsten Schritt, der getan werden muss. Kennst du diese Situation, immer einen Gedanken voraus zu sein? Du bist nicht im Hier und Jetzt, in deiner Gegenwart und kannst dich deshalb nicht mehr spüren und auch den Moment nicht mehr wirklich wahrnehmen und genießen. Die

Zeit rast dir weg und du kommst nicht mehr hinterher. Wo ist deine Lebensfreude geblieben?

Es gibt 2 Momente, die dich davon abhalten, im Jetzt zu sein. Deine Vergangenheit! Du bist in Gedanken wie Schuldgefühle oder Trauer versunken. Du kannst dir etwas nicht verzeihen oder ein Ereignis nicht loslassen. Du drehst dich im Gedankenkarussell und da du dir dessen nicht bewusst bist, merkst du gar nicht, dass du dein jetziges Leben verpasst.

Deine Zukunft! Du bist mit deinen Gedanken in der Zukunft! Vielleicht in Ängsten gefangen, so wie im Beispiel von Jana, die Zukunftsängste hatte und wie gelähmt war. Oder ganz banal schon beim nächsten Schritt deiner To-Do-Liste. Beide Situationen stressen dich und machen dich unglücklich und unzufrieden.

Wo kreisen deine Gedanken? Nimm dein Lebensbuch und schreibe auf! Sei Beobachter und nehme dir mal einen Tag in deinem Leben! Beobachte, wie oft du wirklich im Moment bist. Wann bist du mit deinen Gedanken in der Vergangenheit oder Zukunft?

Ganz vielen Menschen geht es so. Es ist der Hauptgrund für Stress und Unzufriedenheit. Du kannst das ändern, indem du lernst, achtsam zu sein. Die Entscheidung für mehr Achtsamkeit ist eine Entscheidung für dich, in dein Leben bewusst einzutauchen. Wecke deine Sinne, um die großen und kleinen Wunder zu bestaunen, die dir jeder Tag schenkt.

Du kennst es doch! In dir schlummert noch die Erinnerung, wie du als Kind im Augenblick des Spielens warst. Ganz in dir versunken und absolut im Moment des Lebens. Das ist der Grund, warum Kinder noch diese natürliche Freude haben und so von Herzen lachen können. Sie sind im Augenblick und genießen ihr Spiel. Sie machen sich keine Gedanken, was andere über sie denken. Kinder vergleichen sich nicht mit anderen und können sich ganz so lieben, wie sie sind. Du denkst jetzt bestimmt: „Na ja, da war ich noch ein Kind, aber jetzt bin ich erwachsen! Jetzt ist das nicht mehr so einfach!" Du hast recht und dennoch wissen wir aus unserer langjährigen Erfahrung, dass es möglich ist, auch als Erwachsener wieder in dein persönliches Spiel des Lebens einzutauchen und wieder Du selbst zu werden. Du kannst das Leben mit offenen Sinnen spüren und genießen lernen. In jedem Moment, auch im Alltag und in stressigen Situationen.

Übe dich, im Moment zu sein. Frage dich öfters am Tag: „Was mache ich gerade?", nimm wahr und hole dich bewusst ins Jetzt. Es ist ein Prozess und braucht Übung. Du wirst von Tag zu Tag mehr Lebensfreude spüren und es öffnet in dir eine tief empfundene Dankbarkeit für alles, was ist. Lass es als neue Gewohnheit in deinen Alltag einfließen! Du spürst das Leben und seine schönen Momente wieder viel intensiver. Zum Beispiel eine duftende Blume, einen Vogel, der singt, die Sonne, die scheint oder ein Kind, das dich anlacht. Du bist es Wert, mittendrin und nicht außen vor zu sein.

Schenke dir diese Erfahrung. Willkommen in deiner Mitte.

Willkommen im Leben.

Das Wichtigste zusammengefasst:

- ✓ In deinem Stress bist du mit deinen Gedanken nicht bei dir, sondern meistens schon wieder beim nächsten Schritt.
- ✓ Es gibt 2 Momente, die dich davon abhalten, im Jetzt zu sein.
- ✓ Deine Vergangenheit! Du bist in Gedanken wie Schuldgefühle oder Trauer versunken.
- ✓ Deine Zukunft! Du bist mit deinen Gedanken in der Zukunft!
- ✓ Du kannst das Leben mit offenen Sinnen spüren und genießen lernen. In jedem Moment.
- ✓ Die Entscheidung für mehr Achtsamkeit lässt dich wieder in deine Mitte kommen.
- ✓ Übe dich, im Moment zu sein. Frage dich öfters am Tag: „Was mache ich gerade?", nimm wahr und hole dich bewusst ins Jetzt.

4. Schritt

Klasse! Jetzt bist du schon im 4. Schritt angekommen. 3 wertvolle Schritte hast du nun schon hinter dir. Was für ein Weg! Schau einfach mal, wie dick dein Lebensbuch bereits ist! Mit was hast du es schon gefüllt? Blättere gerne ein wenig darin rum. Es ist deine Geschichte!

Du weißt jetzt, wie Selbstreflexion funktioniert und warum es für dich wichtig ist! Du hast erkannt, dass du der Gestalter deiner Realität bist und alles verändern kannst. Deine Geschichte ist veränderbar und zwar zu jeder Zeit! Du hast wieder Zugang zu deinen Bedürfnissen bekommen und weißt jetzt, warum es wichtig ist, achtsam mit dir umzugehen. Schritt 3 ist eine Vorbereitung dafür, Selbstliebe zu leben und in deine Berufung zu kommen.

Im 4. Schritt möchten wir dich noch tiefer zu dir selbst führen. Jetzt darfst du anfangen, deinen Lebensfluss gezielt anzuzapfen. Erlebe im 4. Schritt, was es heißt, dich selbst zu lieben, deine innere Kraft zu entfalten und deine

Potentiale zu nutzen, um deine wahre Berufung zu leben!

Weiter geht's!

4.1. Selbstliebe - Dein ganz natürlicher Ursprung!

Nun sind wir am Herzstück dieses Buches angelangt. Die Selbstliebe in dir!

Tief in deinem Inneren ruht sie, wartet darauf, von dir geöffnet zu werden und will dein 100-prozentiges „JA" zu dir selbst. In der Art und Weise, wie du über dich und andere denkst, wie du mit dir umgehst und wie deine Sicht zur Welt ist, alles spiegelt sich in deiner Liebe zu dir selbst wieder. Wie ist das bei dir? Wie denkst du wirklich über dich? Wenn du morgens aufstehst, was ist dein erster Gedanke? Freust du dich auf dich, um wieder einen spannenden Tag in deinem Leben zu verbringen oder denkst du: „Oh, schon wieder so ein Tag, an dem bestimmt wieder einiges schiefläuft." Wertest du dich ab, weil du denkst, du bist nicht gut, so wie du bist? Wie gehst du mit dir um, wenn du aus deiner Sicht einen Fehler gemacht hast? Kannst du Komplimente annehmen und wirklich glauben, wenn dir jemand sagt: „Du bist wundervoll, ich liebe dich"? Wie ist deine Stimmung, wenn du dich im Spiegel betrachtest oder so richtig ins Fettnäpfchen getreten bist? Was denkst du über dich und wie gehst du mit dir um? Es ist wichtig zu wissen, dass auch da viele Prägungen aus frühster Kindheit unbewusst in dir wirken. Da du als Kind abhängig davon bist, Liebe zu erhalten, machst du praktisch alles dafür. Du passt dich an oder wählst eine andere Strategie, du wirst rebellisch. Hauptsache, du bekommst Beachtung und Aufmerksamkeit und fühlst dich in irgendeiner Art und Weise zugehörig. Du hast schon im Schritt 3 gelernt, dass unsere gut genährten Grundbedürfnisse in uns ein Fundament für die Liebe zu dir selbst darstellen.

Bei Pablo war es so, dass sein Mangel an Aufmerksamkeit und Liebe ihn dazu brachte, andere zu beschuldigen und alles negativ zu sehen. Vielleicht hast du einen lieblosen Umgang im Elternhaus erfahren und auch deine Eltern haben es nicht anders erfahren. Du hast unbewusst in dir gespeichert: „Ich habe es nicht besser verdient! Ich bin nicht liebenswert". Wenn du also im Elternhaus nicht wirklich satt an Liebe geworden bist, gehst du als Erwachsener hinaus in die Welt und suchst die Liebe im Außen. Du strahlst diesen Mangel direkt aus und suchst auch in deiner Partnerin oder deinem Partner einen Ersatz. Deine Erwartungen an dich und auch an den Partner sind groß und wenn sie nicht erfüllt werden, bist du zutiefst verletzt. Kannst du das nachfühlen? Auch in deinem Beruf kann es sein, dass du ehrgeizig und zielstrebig bist, Überstunden machst, die Beste/der Beste sein willst, dabei geht es zu über 90 % um Anerkennung und Liebe. Erkennst du dich in manchen Punkten wieder? Was brauchst du wirklich, um das Rad zu drehen und wahrhaftige, echte Selbstliebe in dir zu öffnen? Deine klare Entscheidung!

Was heißt das? Wenn du lernst, dich selbst zu achten, liebevoll mit dir umzugehen, dich einfach nimmst, wie du bist, in dem Wissen, dass du immer das Beste gibst, was möglich ist und dich da, wo du gerade stehst, achten kannst.

Sei dein Beobachter und nimm wahr, wie du mit dir selbst umgehst. In den meisten Menschen befindet sich ein ganz tiefsitzender Stachel, der sehr schmerzhaft in uns steckt und mit vielen Lebenserfahrungen gekoppelt ist. Er sagt dir: „Du bist es nicht Wert, geliebt zu werden." Strahlst du unbewusst diesen negativen Glaubenssatz aus, bestätigt dir das Leben auf vielfache Weise deine Überzeugung. Du hast vielleicht Beziehungsprobleme, Spannungen im Berufsfeld und erlaubst dir einfach nicht, dass es dir gut gehen darf. Du hörst nicht auf deinen Körper, ernährst dich ungesund, schenkst dir nicht genug Aufmerksamkeit. Du lässt dich selbst nicht zur Ruhe kommen. Dieser Satz spiegelt so viele Erfahrungen in deinem Leben und zeigt sich praktisch in jedem Gedanken, deinen Gefühlen und Handlungen. Diese unbewusste Haltung in dir, ist der Lebensfreude-Killer Nr.1.

Aus unserer Erfahrung wissen wir, dass der Weg in die Liebe zu sich selbst eine Entwicklung darstellt, in der es nicht darum geht, sich mal eben schnell zu lieben. Es ist ein Weg, der dir viele Erkenntnisse im Leben zeigt. Er verbindet dich mit deinen alten Verletzungen und Prägungen. Du brauchst Mut, um deinen Gefühlen zu begegnen und dich selbst zu lieben. Es ist ein Weg, dein inneres Kind abzuholen und in allen Bedürfnissen zu unterstützen, um wirklich präsent zu sein. Wir wissen, dass der Weg in die eigene Liebe eine Entscheidung ist, eine neue Blickrichtung einzunehmen, um wieder Fahrt aufzunehmen in Richtung Ursprung. Liebe ist unser aller Ursprung und im Grunde ein ganz natürlicher Ausdruck unseres Selbst. Es ist das, was uns tief im Herzen berührt, wenn wir ein Baby sehen oder im Arm halten dürfen. Babys strahlen diese ganz natürliche Energie aus und befinden sich im Moment ihres Seins, können ihre Bedürfnisse zum Ausdruck bringen und zeigen genau, was sie brauchen. Auch du warst einmal dieses Baby und hast diese Erfahrung und Erinnerung tief in dir abgespeichert. Auf dem Weg in die Liebe zu dir selbst, darfst du wieder anknüpfen und dir erlauben, das Wertvollste zu sein, was du hast. Dich selbst!

Wir laden dich ein, diesen Weg mit uns zu gehen und all deine Beobachtungen in dein Lebensbuch zu schreiben. Du bist so einzigartig und deinen Weg gibt es so kein zweites mal. Öffne dein Herz für dich und dein Leben wird sich magisch verändern. Nicht, weil du versuchst, im Außen etwas zu tun, sondern weil du jetzt nach Innen blickst. Du hast es in der Hand. Pflege einen ganz liebevollen Umgang mit dir und tauche wieder ein in diese natürliche Strahlkraft. Hast du die Entscheidung einmal getroffen, wird dir das Leben Unterstützung bieten und vielleicht gesellen sich neue Menschen in dein Leben oder du findest ein passendes Buch oder siehst einen Film, der dich tief im Herzen berührt. Aus unserer Erfahrung ist es enorm wertvoll, sich mit Menschen zu verbinden, die das gleiche Ziel haben. Gemeinsam ist der Weg viel leichter zu gehen und ihr könnt euch bestärken, erinnern, unterstützen. Ganz von alleine werden sich deine Gedanken zu dir und der Welt verändern. Je mehr du dich selbst annehmen und lieben kannst, desto mehr kannst du andere Menschen lieben und berührst auch die Herzen anderer Menschen. Dein Herz ruft nach dir. Mache die Tür auf und öffne dich für die große Liebe deines Lebens. Du selbst! Du bist es Wert, gebe dir die 100 % Lebensglück!

Das Wichtigste zusammengefasst:

- ✓ Deine Lebensumstände spiegeln sich in der Liebe zu dir selbst wieder.
- ✓ Prägungen aus deiner Kindheit geben dir deinen Ausblick ins Leben.
- ✓ Verletzte Gefühle sind unerfüllte Bedürfnisse.
- ✓ Ein liebevoller Umgang mit dir selbst öffnet dein Herz.
- ✓ Jeder Mensch hat seinen ganz individuellen und einzigartigen Weg, in seine Selbstliebe zu gelangen.
- ✓ Liebe ist unser aller Ursprung und dein ganz natürlicher Zustand.
- ✓ Erfahrungen der Unliebe lassen dich reifen und öffnen dir den Weg, bewusst lieben zu können.
- ✓ Die große Liebe im Leben bist du selbst.
- ✓ Du entscheidest dich.
- ✓ Es braucht dein ganzes Ja, die 100 %, um dich selbst zu lieben.

✓ Öffne dein Herz für dich und dein Leben wird sich magisch verändern.

4.2. Deine Innere Kraft leben - Den Mut zu haben, du selbst zu sein

So wie die Selbstliebe dein natürlicher Ausdruck ist, so ist auch dein Kraftpotential ganz natürlich in dir angelegt. In uns Menschen steckt eine immense Kraft, die wir oft nicht mehr wahrnehmen können. Aus unserer Erfahrung heraus wissen wir, dass es immer mehr Menschen gibt, die sich kraftlos, erschöpft und müde fühlen. Sie fühlen sich gestresst und ausgelaugt, haben Symptome, wie Rückenschmerzen, Bluthochdruck oder Schlafstörungen. Was ist nur los und warum fühlen wir Menschen uns so kraftlos und müde? Was hat uns aus unserer inneren Mitte herauskatapultiert und wie können wir wieder Kraft tanken, zur Ruhe kommen und gelassen unseren Alltag meistern? Wollen wir ausgeglichener und gelassener werden, hängt es in erster Linie davon ab, wie unser Gehirn die Welt auf-nimmt. Stell dir mal vor, es ist hauptsächlich deine Perspektive, wie du die Welt wahrnimmst!

Negative Gedanken und daraus resultierende Gefühle kosten enorm viel Kraft. Wenn du keine gute Lösung gefunden hast, wie du diese Energien lenken kannst, wirkt sich das massiv auf dein Befinden aus. Dein Körper spannt sich an und erzeugt Stresshormone. Kennst du das auch, dass dich eine Angst wie lähmen kann und du alle Kraft verlierst? Wenn du wütend oder traurig bist, kann dieser Zustand auf Dauer sehr anstrengend werden und zieht dir regelrecht Energie ab. Dein ganzer Körper reagiert mit Spannung. Auch wenn du zu perfektionistisch bist und dich selbst ständig kritisierst, gerät deine Energie ins Stocken. Leichter wird es für dich, wenn du bewusster mit deinen Erfahrungen im Alltag umgehen kannst und einen lösungsorientierten Blickwinkel einnimmst. Wenn Situationen im Leben für dich einen Sinn ergeben und du weißt, dass Herausforderungen auch Chancen zu wachsen sind, kannst du anders auf Situationen reagieren. Nimmst du die Welt positiver wahr, denkst du positiver. Das erschafft positive Gefühle und lässt dich rundum besser fühlen. Dadurch strahlst du eine positive Haltung aus und erlebst mehr Glücksmomente. Du bekommst eher ein Lächeln geschenkt und hast selbst mehr zum Lachen. Lachen ist ein großer Kraftspender und erzeugt gute Gefühle und mehr

Lebensfreude! Lachen lässt dich automatisch tiefer atmen und erzeugt Glückshormone. Lachen senkt den Blutdruck, fördert die Durchblutung der Muskulatur und baut Stresshormone ab. Lachen stärkt die Immunabwehr und bringt deine Energie mächtig in Fluss. Je positiver du mit all deinen Herausforderungen des Alltags umgehen kannst, desto kraftvoller bist du. Es geht also nicht darum, dass sich erst im Außen etwas ändern muss, sondern du darfst deine innere Haltung ändern. Vieles ist dir nun bewusster geworden. Du weißt, wie du dein eigener Beobachter sein kannst. Du hast erkannt, dass negative Gedanken und Gefühle deine Energie binden und wenn du wirklich Verantwortung für dich und dein Leben übernehmen willst, dann weißt du bereits, dass Schuldzuweisungen und ständiges Bewerten auch zu dieser Rubrik gehören: Sie rauben dir Kraft.

Auch deine unerfüllten Grundbedürfnisse wie Liebe, Anerkennung und Zugehörigkeit, erzeugen falsche Erwartungen an dich und andere. Sie lenken dein Leben direkt in Verletztheit, Schmerz und Enttäuschung hinein. Kindliche Verhaltensmuster, wie angepasst zu sein, nicht wirklich auf dich und deine Bedürfnisse achten, machen dich unglücklich und freudlos.

Vielleicht staunst du jetzt wie viele Kraft-Killer es in dir gibt, obwohl wir doch immer glauben, dass unser Umfeld uns die Kraft raubt. Kennst du einen Menschen, der, wie man so schön sagt, eine Frohnatur ist, positiv denkt, dem Leben vertraut, und immer viel zu lachen hat? Humorvolle Menschen sind wahre Kraftspender! Das Vertrauen in dir zu stärken, ist ein genialer Weg, um in deine Kraft zu kommen! Dazu darfst du deine Herzenskräfte wieder anfordern.

Dein Herz ist dein größter Kraftgenerator und steht dir jederzeit zur Verfügung!

Gregg Braden hat gesagt, dass die elektrische Anziehungskraft deines Herzens 100 x größer und 5000 x magnetisch stärker ist, als die deines Verstandes. Wusstest du das? Es hat eine ganz eigene Intelligenz und auch Gefühle wie Wertschätzung, Empathie, Liebe, tief empfundene Freude und Mitgefühl sind in deinem Herzen zuhause. Kraft pur! Wie wäre es, wenn du deinem Herzen wieder mehr Beachtung schenken würdest? Viele Menschen haben ihr Herz verschlossen, weil sie Angst haben, verletzt zu werden. Wenn du es jedoch schaffst, dich deinen verdrängten Gefühlen zu stellen, eine neue Perspektive einzunehmen und den Mut besitzt, dein Herz wieder ganz zu öffnen, steht dir diese Powerbank zur Verfügung. Wenn du auf dein Herz hörst und den Mut hast, deinem Herzen zu folgen, weißt du genau, wenn es Zeit ist, einen Spaziergang in der Natur zu machen, zu tanzen, zu singen, Kreativ zu sein. Du weißt, welche Menschen dir guttun, auf welche Art und Weise du dich bewegen willst, welches Essen deinem Körper guttut und letztlich spürst du, wer du in deiner Einzigartigkeit wirklich bist. Deinen Alltag meisterst du mit einer positiven Perspektive, die lösungsorientiert ist und dich bewusster sein lässt. Dein Umgang mit dir selbst wird von Tag zu Tag liebevoller und so kannst du auch mit deinen Mitmenschen toleranter sein. Dein Herz atmet auf und deine verletzten Gefühle transformieren sich so ganz von alleine. Du kannst deine Liebe zu dir selbst finden und wieder in deine Lebensfreude eintauchen, denn dein Herz kennt den Weg und öffnet dir Wege, die dein Verstand nicht kennt. In die Kraft zu gelangen, ist also ein bewusster Weg nach innen, zu erkennen, wo stockt deine Energie!

Nehme jetzt dein Lebensbuch zur Hand, schreibe auf und spüre tief in dein Herz hinein. Wo und wann sind deine Kräfte ins Stocken geraten? Sei ehrlich zu dir und wisse, dass du es in der Hand hast! Du kannst deine Situation in jedem Moment ändern, denn du bist Gestalter deiner Realität. Atme ein paarmal tief durch und erkenne deine Situation, werde dir bewusst und entscheide dich zu 100 %, in deine Kraft zurückzufinden. Im Herzen zu sein, heißt, den Mut haben, du selbst zu sein! Sei mutig und fange jetzt an und verbinde dich wieder mit deiner ursprünglichen Kraft!

Das Wichtigste zusammengefasst:

- ✓ Immer mehr Menschen fühlen sich gestresst, erschöpft und kraftlos.
- ✓ Wollen wir ausgeglichener und gelassener werden, hängt es hauptsächlich davon ab, wie unser Gehirn die Welt aufnimmt.
- ✓ Negative Gedanken und Emotionen verbrauchen enorm viel Energie.
- ✓ Perfektionismus raubt dir deine Kraft.
- ✓ Deine Konflikte sind Chancen zu wachsen.
- ✓ Lachen ist ein großer Kraftspender und erzeugt positive Gefühle.
- ✓ Ungestillte Bedürfnisse halten dich im Mangel und rauben dir Kraft.
- ✓ Das Vertrauen in dir zu stärken, ist ein genialer Weg, in deine Kraft zu kommen!
- ✓ Dein Herz ist ein Kraftgenerator.
- ✓ Höre auf dein Herz, es kennt den Weg in deine Mitte.

- ✓ Liebe, Freude, Mitgefühl sind Kraftwerke aus deinem Herzen.
- ✓ Im Herzen zu sein, heißt, den Mut zu haben, du selbst zu sein!

4.3. Potentialentfaltung - Öffne die Tür in dein Glück!

Jetzt geht es darum, zu erkennen, was noch alles für dich möglich ist. Potentialentfaltung! Ein Wort, das du sicherlich schon gehört hast. Weißt du auch was dahinter steckt? Worum es eigentlich bei deinen Potentialen geht?

Potentiale sind deine Fähigkeiten in dir. Es gibt unendliche viele Potentiale in dir, sämtliche Varianten, ohne irgendwelche Grenzen. Sie alle können von dir entdeckt werden! Jedes Potential in dir ist vollkommen. Du hast dir bestimmt schon einmal eine Schneeflocke genauer angesehen. Jede Schneeflocke sieht anders aus. Keine gleicht der anderen. Jede für sich ist ein Unikat und vollkommen. Es gibt unendliche viele. Genauso sind deine Potentiale in dir angelegt. Jedes Potential sieht anders aus. Keines gleicht dem anderen und jedes für sich ist ein Unikat und absolut vollkommen! Deine Potentiale sind deine Ausrüstung für ein gutes Gelingen im Leben. In ihnen ist alles vorhanden, was dich ein glückliches Leben führen lässt. Du kannst nur richtig glücklich sein, wenn du deine Potentiale benutzt.

Sie helfen und unterstützen dich, so dass dein Leben leichter wird. Du bist nicht hier auf dieser Welt, um in deinen negativen Gedanken zu versinken. Oder nur das zu tun, was andere von dir erwarten und nur begrenzte Möglichkeiten in dir zu nutzen. Nein! Du bist hier, um deine Potentiale voll auszuschöpfen. Das steht jedem Menschen zu! Jeder, der es bewusst wählt, wird merken, dass das Leben plötzlich eine positive Wendung nimmt. Du wirst Stück für Stück du selbst, merkst, dass du dich loslöst von den Meinungen anderer, selbstbewusst und stark durch dein Leben gehst! Potentiale schlummern in dir. Kaum ein Mensch lebt seine vollen Potentiale aus. Das liegt daran, dass sie nicht wissen, dass es diesen unendlichen Raum der verschiedenen Möglichkeiten gibt und dass jeder frei wählen kann. Du kannst dich entscheiden, ein Potential zu leben, indem du es wählst. Dich also dafür entscheidest. Erinnere dich: Du bist Gestalter deines Lebens!

Schaue an dieser Stelle gerne noch einmal in dein Lebensbuch. Was hast du bisher für dich aufgeschrieben? Welche Situationen in deinem Leben sind dir noch bewusst, bei denen du dein Leben bewusst oder unbewusst gestaltet hast? Vielleicht fallen dir noch weitere Situationen ein. Schreibe diese gerne auf. Vielleicht hast du auch schon

Beispiele aufgeschrieben, die dir jetzt einen Hinweis darauf geben, dass es versteckte Potentiale in dir gibt.

Wie bekommst du Zugang zu deinen Potentialen? Um das zu verstehen, machen wir eine kleine Reise in deine Vergangenheit.

Potentiale sind schon von Geburt an in dir angelegt. Als Kind hast du schon Zugang zu deinen Potentialen, wenn du frei und selbstbestimmt heranwachsen kannst. Du kannst als Kind deine Potentiale entfalten, wenn du autonom aber gleichzeitig tief verbunden sein kannst. Was bedeutet das? Wenn du als Kind dich ausprobieren und entdecken kannst, trotzdem aber eine feste Bindung zu einem Elternteil hast, Wurzeln und Flügel zugleich. Wenn du gut verankerst bist und gleichzeitig losfliegen kannst, dann hast du die Voraussetzung dafür geschaffen, deine Potentiale wahrzunehmen und zu entfalten. Das ist dein natürlicher Zustand. Wurzeln und Flügel zugleich!

Wir haben an uns selbst gemerkt, dass die volle Potentialentfaltung nur möglich ist, wenn du in einer Gemeinschaft lebst. Du brauchst andere Menschen, die dich unterstützen und trotzdem frei lassen in deiner Entfaltung. Wenn du als Kind keine gute Bindung zu einem Erwachsenen hattest, und du so dein Potential vielleicht nicht ausleben konntest, macht das in diesem Moment erstmal nichts. Du kannst das selbst jederzeit nachholen und jetzt damit beginnen. Baue dir selbst eine Verbindung mit dir auf und habe dadurch Zugang zu deinen Fähigkeiten. Als Kind hast du erstmal nur deine Eltern, die dir helfen, Wurzeln und Flügel zu schaffen. Jetzt als Erwachsener kannst du das selbst übernehmen. Du verstehst den Prozess der Potentialentfaltung und weißt, dass du Menschen um dich herum brauchst, die gleichgesinnt sind. Dann ist alles viel leichter, als alleine. Wir kommen im weiteren Verlauf des Buches noch darauf zu sprechen, warum es Sinn macht, sich mit Menschen zu verbinden, die das gleiche Ziel haben wie du! Hier geht es jetzt erstmal darum, dass du erkennst, dass du deine Potentiale alle schon längst in dir hast und sie öffnen kannst. Eine absolute Bedingung für ein glückliches Leben! Dir wird bewusst werden, dass wirklich alles möglich ist, weil du es tief spüren kannst! Durch Bewusstsein wirst du erkennen, dass es diese Vielzahl an Potentialen in dir wirklich gibt. Diese Erkenntnis macht dein Leben leichter, weil du jetzt weißt, dass es viele verschiedene Möglichkeiten gibt und du die beste wählen kannst. Lebst du deine Potentiale, wirst du feststellen, dass negative Gedanken und negative Glaubenssätze in dir viel leichter aufzulösen sind. Es geschieht dann wie von selbst!

Potentiale bringen dich in deine Berufung. Sie sind Teil von diesem Weg hinein in deine Lebensaufgabe. Sie öffnen sich und du weißt einmal mehr, wer du bist. Du gehst tiefer. Es geht jetzt nicht mehr nur darum, dass du deine Gedanken und deine Gefühle bewusst wahrnimmst und reflektierst, sondern dass du erkennst: Was sind deine Talente und Fähigkeiten, also deine Potentiale?

Deine Potentiale möchten ausgelebt und entdeckt werden. Du erlaubst dir, deine Fähigkeiten zu erkennen. Das ist ein großer Schritt zu mehr Selbstliebe. Wer sich selbst liebt, erlaubt sich, seine Fähigkeiten zu leben. Sie gehören zu dir und machen dich zu dem, der du in Wahrheit bist.

Vera will mit 61 Jahren Yogalehrerin werden. Sie wurde Verkäuferin, weil ihre Eltern dachten, es sei ein sicherer Job. Veras Potentiale liegen aber darin, Menschen in ihre Mitte zu bringen, die Lebensenergie mit Yogaübungen zum Fließen zu bringen und die Menschen vom Stress in die Erholung zu begleiten. Ihr Inneres sehnt sich danach, zur Entfaltung zu kommen. Sie spürt es immer mehr.

Würde Vera diese Sehnsucht in sich ignorieren, würde ihr Körper wahrscheinlich beginnen, Symptome zu zeigen. Vera hat aber schon ein gutes Gespür für sich entwickelt und bemerkt diesen Wunsch. Ihr steht jetzt nur noch der Selbstzweifel im Weg, den sie mehr und mehr loslässt, weil sie diese tiefe Freude spürt, dass ihr Weg der richtige ist. Die Liebe zu ihren Potentialen ist stärker geworden und hat die Kraft, den Selbstzweifel zu überwinden.

Jetzt nimm dein Lebensbuch zur Hand. Schreibe auf, was du wirklich gut kannst und dir Freude macht. Beobachte dich ein paar Tage. Nimm deinen Beobachter mit in den Alltag. Nimm dein Lebensbuch mit in den Alltag und schreibe auf, was dir auffällt. Achte darauf, wie andere Menschen dir begegnen. Andere Menschen spiegeln dir deine Potentiale, machen dich aufmerksam auf sie, in dem sie dir sagen, dass du vielleicht etwas gut kannst und sie von deinen Fähigkeiten begeistert sind. Oder dein Blick wird angezogen von einem Buch oder Artikel? Vielleicht schaust du gerade einen Film im Kino, der dich tief bewegt? Das Gefühl, „tief bewegt zu sein", gibt dir einen Hinweis auf ein Potential in dir. Denke daran: Energie folgt der Aufmerksamkeit. Du richtest jetzt deine Aufmerksamkeit mit deinem inneren Beobachter darauf, was deine Potentiale sind. Sie werden sich dir zeigen. Das ist die Natürlichkeit deiner Potentiale. Sie wollen sich nicht vor dir verstecken, sondern gelebt werden. Doch bitte denke daran, dass du nicht nach ihnen zu suchen brauchst. Erkenne diesen feinen Unterschied, dass es darum geht, deinen neutralen Beobachter in dir wirken zu lassen und nicht zu suchen. Suchen entsteht im Kopf und ist ein Mangelgefühl. Dieses Mangelgefühl kann in dir einen Überschuss erzeugen. Denke an das Beispiel, was passiert, wenn du zu spät kommst und deine ganze Aufmerksamkeit darauf richtest, pünktlich zu kommen. Also entspanne dich. Vertraue dir! Erkenne: Deine Potentiale wollen von dir entdeckt werden! Sie wollen nicht gesucht werden, sondern zeigen sich dir ganz natürlich, wenn du sie lässt. Beobachte einfach! Es hilft dir, alles in dein Lebensbuch zu schreiben. Wir erleben es, dass die Menschen in unseren Coachings manchmal sehr verkopft an diese Übung gehen, weil sie endlich ihre Potentiale finden wollen. Sie wollen endlich glücklich sein. Hol dich also immer wieder in den Beobachtermodus zurück. Atme tief ein, wenn du merkst, du suchst in deinem Kopf. Du hast keine Eile und musst dir keinen Druck machen! Es ist alles richtig, so wie es ist. Der Weg in deine Potentialentfaltung ist eine Reise, die sich lohnt zu genießen!

Entscheide dich, deine Reise ins selbstbestimmte Leben zu genießen! Du erlebst sie nur einmal, denn du bist einzigartig!

Das Wichtigste zusammengefasst:

- ✓ Potentiale sind deine Fähigkeiten in dir. Es gibt unendlich viele Potentiale in dir, sämtliche Varianten, ohne irgendwelche Grenzen.
- ✓ Jedes Potential sieht anders aus. Keines gleicht dem anderen und jedes für sich ist ein Unikat und absolut vollkommen!
- ✓ Deine Potentiale sind deine Ausrüstung für ein gutes Gelingen im Leben.
- ✓ Du kannst nur richtig glücklich sein, wenn du deine Potentiale benutzt. Sie helfen und unterstützen dich, so dass dein Leben leichter wird.
- ✓ Du bist hier, um deine Potentiale voll auszuschöpfen. Das steht jedem Menschen zu!
- ✓ Du kannst dich entscheiden, ein Potential zu leben, indem du es wählst.
- ✓ Potentiale sind schon von Geburt an in dir angelegt.

- ✓ Lebst du deine Potentiale, wirst du feststellen, dass negative Gedanken und negative Glaubenssätze in dir viel leichter aufzulösen sind.
- ✓ Potentiale bringen dich in deine Berufung.
- ✓ Potentialentfaltung ist ein großer Schritt zu mehr Selbstliebe!
- ✓ Entscheide dich, deine Reise ins selbstbestimmte Leben zu genießen! Du erlebst sie nur einmal, denn du bist einzigartig!

4.4. Berufung - Werde zu dem, was dein Herz berührt!

Wir werden oft von unseren Teilnehmern und Klienten gefragt, was ihr Sinn hier auf dieser Welt eigentlich ist. Hast du auch diese Gedanken in deinem Kopf, die immer wieder fragen „Warum bin ich hier? Was ist mein Sinn? Was ist meine Berufung?" Wenn du diese Fragen in deinem Kopf hörst, dann ist das ein Zeichen dafür, dass 1. dein Selbst dir sagen will, dass es jetzt Zeit wird, den Weg in deine Berufung zu erkunden und du deinem Leben eine neue Richtung geben darfst und 2. du auch wirklich bereit dafür bist. Sonst hättest du diese Gedanken nicht!

Dein Leben ergibt gerade keinen Sinn und es ist an der Zeit, deinen Sinn jetzt endlich zu erkennen und zu leben. Oft verfällst du vielleicht auch hier in ein Gefühl des Mangels und fragst dich „Was soll mein Leben schon für einen Sinn haben? Gibt es für mich überhaupt einen Sinn?" Wir können dich beruhigen! Jeder Mensch hat von Beginn seines Lebens an, einen Rucksack voller Potentiale dabei, die dich direkt in deine Berufung führen. Deine Potentiale bringen dich letztlich in deine Berufung. Sie sind ein Teil davon. Deswegen ist es so wichtig, dass du deine Potentiale erkennst und du dir erlaubst, sie auszuleben. Das ist der Lebensweg und Sinn eines jeden Menschen hier auf dieser Welt! Nur wenn du ganz in deiner Kraft bist, kannst du eine gute Mutter oder ein guter Vater sein. Nur dann bist du gesund, voller Kraft, kannst eine erfüllte Partnerschaft leben und einfach wieder vor Lebensfreude sprühen.

Schnapp dir jetzt dein Lebensbuch. Schlage es auf und spüre in dich hinein. Was berührt dein Herz? Lege gedanklich „Müssen" und „Sollen" ab. Stell dir vor, du könntest jetzt ganz frei entscheiden, ohne darüber nachzudenken, was du musst, sollst oder vielleicht nicht kannst. Jetzt darfst du einfach aufschreiben, was dein Herz wirklich berührt, wenn du frei bist von jeglichen Verpflichtungen. Es geht darum, dass du dir jetzt erlaubst, deine Freude in dir zu spüren für das, was dein Herz wirklich tief berührt.

Wenn wir in unseren Coachings und Seminaren an diesem Punkt ankommen, wissen die Menschen meistens, was sie berührt. Sie haben es sich bisher nur nie bewusst gemacht und erlaubt zu spüren, weil es immer an Bedingungen geknüpft ist, warum es nicht geht. Deine Gedanken, dein innerer Zweifler, weiß ganz genau, was er dir sagen muss, damit du nicht den Weg in deine Berufung gehst. Er möchte dich in deinen alten Gewohnheiten halten und dich in Sicherheit wiegen. Er weiß nicht, dass deine Potentiale dich zum Besten direkt in deine Berufung führen. Er hat Angst vor Neuem. Das ist tief in uns evolutionsbedingt angelegt. Mache dir das bewusst! Deine Gedanken, letztlich dein Verstand, meint es eigentlich gut. Er hat keine bösen Absichten. Er will dich vor dem Ungewissen und Neuen beschützen. Aus eigenen Erfahrungen können wir dir sagen, dass das Unmögliche erst möglich werden kann, wenn du zulässt, dass es in deinem Leben etwas gibt, was dein Herz berührt! Was ist deine Leidenschaft, wofür brennt dein Herz, dass du bereit bist, alles stehen und liegen zu lassen? Du wachst morgens auf und springst aus dem Bett, weil deine Herzensaufgabe auf dich wartet. Du bist in deiner vollen Kraft, weil du deine Potentiale lebst und du sie in deiner Berufung vereinst.

Wir möchten dir ans Herz legen: Leg deine Ungeduld beiseite! Wir beide kennen es, wenn du sehnlichst deine Berufung leben willst, vielleicht sogar schon weißt, was genau deine Berufung ist, aber die äußeren Umstände noch nicht da sind, um deine Berufung auch wirklich zu leben. Wir wissen heute, dass es genauso schön ist, den Weg in deine Berufung zu feiern und zu genießen, wie das Gefühl, endlich dort anzukommen.

Nimm dein Lebensbuch und schau einmal zurück. Es gibt mit Sicherheit Situationen in deinem Leben, die du voller Ungeduld erwartest und verzweifelt gesucht hast. Du verstehst vielleicht auch gar nicht, warum alles, was du brauchst, noch nicht da ist. Du hast doch so viel losgelassen, verändert und dich zu 100 % entschieden. Das sind diese Momente des Zweifels. Warum lässt das Leben auf sich warten? Schaue weiter in deinem Lebensbuch. Wir wissen, dass unser Weg diese Stationen hatte und brauchte. Wir beide wären heute nicht die, die wir jetzt sind. Jede Etappe war enorm wichtig, um heute voll bewusst unsere Berufung zu leben. Auch du erkennst bestimmt in einigen Situationen, dass es wichtig war, dass du z.B. erst deine Selbstliebe stärkst und dadurch du selber wirst, um eben nicht mehr den Meinungen der anderen zu folgen. Dein Leben erschafft dir Situationen, in denen du das üben kannst. Hast du es tief in dir erkannt, dann geht es weiter. Dann ist das Ziel erreicht und du erschaffst ein neues Ziel. Immer weiter und tiefer in dein wahres Ich hinein. Du weißt besser, mit Herausforderungen umzugehen, fühlst dich stärker und bist bewusster. Je nachdem was deine Berufung ist, brauchst du diese Herausforderung als Vorbereitung für deine Berufung. Alles in deinem Leben hat einen tieferen Sinn, den du durch unsere 5 Schritte leicht verstehen lernst, ohne zu suchen, ohne zu müssen und ohne zu sollen. Ganz in deinem Tempo! Du weißt bereits, dass deine Potentiale deine Fähigkeiten sind. Du hast unendlich viele Fähigkeiten. Nicht jede Fähigkeit muss sich in deiner Berufung zeigen. Du bist zum Beispiel sehr kreativ. Du liebst es und hast ein Händchen dafür, Kunstwerke aus Holz herzustellen. Jeder, der deine Werke sieht, sagt dir, dass du das doch beruflich machen solltest. Du bist ja schließlich so gut darin. Aber du spürst in dir, dass es nicht das ist, was du als Beruf ausbauen willst. Es macht dir Spaß und Freude, aber deine richtige Leidenschaft liegt darin, Computerprogramme zu schreiben. Du liebst es, schwierige Aufgaben zu lösen. Du findest immer den Fehler im Programm und hast dir mittlerweile schon einen Namen gemacht, als der Top Programmierer, der für alles eine Lösung findet. Dein Auge weiß genau, wo es hinschauen muss, um in Windeseile den Fehler zu korrigieren. Du lebst deine Berufung! Die Zeit vergeht jeden Tag wie im Flug. Vielleicht verändert sich deine Berufung im weiteren Verlauf deines Lebens. Deine Berufung zu leben, heißt nicht, dass es immer so bleibt. Du wächst mit deinen Aufgaben, deinem Leben und hast ständig neue Ideen. Deine Potentiale entfalten sich mehr und mehr und es verändert sich immer wieder. Es könnte z.B. sein, dass du irgendwann nicht mehr Programmierer sein willst und dich doch auf deine Kunstwerke aus Holz fokussierst oder nochmal eine ganz neue Idee hast. Das Leben ist eine stetige Veränderung. Gehe mit dieser Veränderung immer mit. Dann macht es so richtig Freude zu leben. Du hast jederzeit die Wahl, eine neue Entscheidung zu treffen. Vielseitig zu sein. Der Mensch ist nicht dafür geschaffen, nur eine Fähigkeit auszubauen. Gib dir selbst die Freiheit und lass deinen Weg offen. Dann kannst du wachsen. Das heißt, der Weg in deine Berufung wird nie zu Ende gehen. Selbst wenn du schon deine Leidenschaft lebst, wird auch diese sich verändern, weil du neue Möglichkeiten entdeckst, neue Potentiale lebst.

Nimm jetzt deinen Rucksack voller Potentiale. Setz ihn auf! Gehe los, deinen Weg in deine Berufung. Du packst die Potentiale auf deinem Weg aus. An jedem Punkt ein neues, ein anderes. Der Rucksack ist gefüllt mit diesen wunderbaren Fähigkeiten, die dir das Gefühl geben „Yes! Ich bin großartig!" Du merkst einfach, dass du mit jedem Schritt mehr in deine Berufung findest, du einfach DU bist. Das ist das größte Geschenk, das es in deinem Leben gibt.

Du schenkst es dir selbst! Du kannst stolz auf dich sein!

Das Wichtigste zusammengefasst:

- ✓ Jeder Mensch hat von Beginn seines Lebens an, einen Rucksack voller Potentiale dabei, die dich direkt in deine Berufung führen.
- ✓ Der Sinn eines jeden Menschen ist es, seine Potentiale und seine Berufung zu leben.
- ✓ Du bist in deiner vollen Kraft, weil du deine Potentiale lebst und du sie in deiner Berufung vereinst.
- ✓ Leg deine Ungeduld beiseite!
- ✓ Der Weg in deine Berufung hinein ist genauso wertvoll, wie dort anzukommen.
- ✓ Stärke deine Selbstliebe! Dadurch wirst du mehr und mehr du selbst, um nicht mehr den Meinungen der anderen zu folgen.
- ✓ Nicht jede Fähigkeit muss sich in deiner Berufung zeigen.
- ✓ Vielleicht verändert sich deine Berufung im weiteren Verlauf deines Lebens.

- ✓ Selbst wenn du schon deine Leidenschaft lebst, wird auch die sich verändern, weil du neue Möglichkeiten entdeckst, neue Potentiale lebst.
- ✓ Einfach du zu sein, ist das größte Geschenk, das es in deinem Leben gibt.

5. Schritt

Du bist auf der Zielgeraden! Was denkst du, was dir jetzt noch fehlt, um dauerhaft deinem Leben eine neue Richtung zu geben? Wie kannst du neue Gewohnheiten in dir verankern und warum kannst du nur glücklich sein, wenn du dir die vollen 100 % Lebensglück erlaubst? Um das zu erfahren, leg jetzt deine gewohnte Brille ab und schau dir die Welt mit deinen eigenen Augen an!

Los geht's!

5.1. Auf der Zielgeraden - neue Gewohnheiten leben!

Wir freuen uns von Herzen, dass dieses Buch dich schon bis hierher begleitet hat! Du bist so viele Schritte bis hierher gegangen. Was gibt es jetzt noch zu tun, um wirklich an dein Ziel zu kommen? Was ist überhaupt dein Ziel? Uns fragen oft die Teilnehmer, was sie mit ihrem Leben anfangen sollen. Jeder Mensch ist hier, um sein ganz eigenes Potential zu entfalten und seine Leidenschaft fürs Leben zu entdecken und das in jeder seiner Zellen zu spüren. Es ist wahrlich elektrisierend in dir, wenn du erfährst, was das Leben eigentlich wirklich bedeutet! Nämlich pure Lebensfreude zu leben. Freude haben, an allem, was du erlebst, Freude an der tiefen Wahrheit über dich selbst, wer du bist und das Leben selbst! Freude, die du bis hierher noch nie so empfinden konntest, weil du nicht du selbst warst. Wahre Lebensfreude kannst du nur tief in dir erleben, wenn du ganz du selbst bist! Also gib nicht auf! Tu alles für deine 100 %! Es lohnt sich immer! Du tust es nur für Dich!

Durch dein Lebensbuch hast du erkannt, wie tief Gewohnheiten in dir verwurzelt sind und wie hartnäckig sie sein können. Negative Gewohnheiten entstehen durch Prägungen, negative Gedanken und negative Glaubenssätze. Hast du schon einmal bei dir zu Hause umgeräumt? Starte ein Experiment und hänge deine Wanduhr um. Probiere es einfach mal aus. Was denkst du, was passiert?

In deinem Alltag vergisst du, dass du die Uhr umgehängt hast. Du schaust immer wieder an den alten Fleck und merkst erst dann, dass die Uhr nicht mehr da ist. Dann erinnerst du dich, dass du die Uhr umgehängt hast. Dein Gehirn ist darauf programmiert, es ist einfach gewohnt, die Uhr am alten Fleck zu finden. Je öfter du die Uhr am alten Fleck suchst und dich erinnerst, je mehr verankert sich in dir die neue Gewohnheit. Genauso verhält es sich mit den Gewohnheiten in dir! Du entscheidest dich, eine alte Gewohnheit in eine neue zu verändern. Dein Unterbewusstsein greift im Alltag aber immer wieder auf die alte Gewohnheit zurück, weil es diese einfach kennt und so programmiert wurde. Jedes Mal wenn du durch Selbstreflexion erkennst, dass du in die alte Gewohnheit verfällst, kannst du tief durchatmen und dir bewusst machen, dass du eine neue Gewohnheit wählst. Im Beispiel mit der Uhr, erinnerst du dich jedesmal daran, dass die Uhr jetzt woanders hängt. Du programmierst dich dadurch um! Nach ein paar Wochen hast du dich an den neuen Ort gewöhnt. Dein Unterbewusstsein hat abgespeichert, dass die Uhr an einem neuen Ort hängt! Es ist dieser natürliche Fluss in dir. Du hast die neue Gewohnheit verinnerlicht und musst dich nicht mehr daran erinnern. Es geschieht automatisch. Bitte denke daran, dass es Zeit braucht, eine Gewohnheit neu in dir zu verankern. Geduld ist etwas, was wir Menschen oft nicht haben. Gerade wenn es dir nicht gut geht, neigst du vielleicht dazu, immer wieder aufs Neue zu suchen, was dir helfen kann weiterzukommen.

Kennst du diese ewige Suche nach deinem Glück? Du probierst etwas aus, bist total euphorisch und willst es so richtig gut machen, bis du nach ein paar Tagen merkst: Die alten Gewohnheiten klopfen an deiner Tür. Plötzlich sind andere Dinge in deinem Alltag doch wieder wichtiger, als dein Plan, eine neue Gewohnheit zu erschaffen. Die Euphorie lässt nach und du merkst keine Veränderung in dir. Dadurch bist du demotiviert und fällst in deinen alten Trott zurück. Wir erleben dies oft nach unseren Seminaren und Coachings. Die Teilnehmer berichten uns, dass die ersten

Tage nach dem Seminar oder Coaching unglaublich inspirierend sind. Sie haben das Gefühl: „Keiner kann mich aufhalten" Sie haben das Gefühl, Berge zu versetzen und alles schaffen zu können. Du erlebst ein paar Tage mit Menschen, die das gleiche Ziel haben und die Freude mit dir teilen. Dann kommst du nach Hause und gehst deinem Alltag nach. In deinem Alltag ist oft kein Platz für gleiche Ziele und die pure Lebensfreude. Du verfällst in deinen Alltagstrott. Die Suche nach Erfüllung und einer Lösung geht von vorne los. Wir können dir sagen: Bleib einfach gezielt dran und habe Geduld mit dir! Renn nicht einfach immer weiter von einem zum nächsten. Bleibe bei deinen Schritten und nimm dir die Zeit dafür, die du brauchst. Ganz in deinem Tempo. Kehre gerne immer wieder zu deinen Schritten zurück, um die Informationen immer tiefer in dir zu verankern. Dafür hast du dein Lebensbuch. Es unterstützt dich, weil es dir deine Geschichte erzählt! Du wirst dadurch ein wahrer Meister deiner Selbst! Du kennst dich bestens mit dir selbst aus und keiner schafft es mehr, dich zu verunsichern oder abzulenken. Alles geschieht immer zum richtigen Zeitpunkt und zwar dann, wenn du wirklich bereit bist!

Du erinnerst dich:

Energie folgt der Aufmerksamkeit, wenn du deinen Fokus auf die neue Gewohnheit lenkst, verändern sich deine alten Muster immer mehr, ohne dass du darin rumwühlen musst.

Wir möchten dich nochmal daran erinnern, dass Schritt 1-4 genau deswegen so wichtig sind. Du darfst deine negativen Gedanken und Gefühle erkennen, verbinden und dir bewusst machen, damit du dich selbst reflektieren kannst. Du bemerkst sonst hier im Schritt 5 nicht, dass du einer alten Gewohnheit folgst und verpasst es, sie in eine neue zu verändern! Dann wunderst du dich, warum dein Leben sich nicht verändert! Es geht nur durch Bewusstsein! Es braucht diese klare Entscheidung in dir für eine neue Blickrichtung in deinem Leben! Und die kannst du nur fällen, wenn du bewusst bist! Erschaffe neue Gewohnheiten in dir! Jeden Tag ein bisschen mehr! Egal, wie deine Vergangenheit war, wie sehr sie dich beeinflusst hat und du denkst, dass sie dich heute noch hindert, gehe deinen Weg.

Ja, wir Menschen erleben auch unschöne Dinge, aber es ist unsere freie Wahl, ob wir es zulassen, dass sie uns auch im Jetzt noch beeinflussen dürfen. Du kannst Jetzt, in diesem Moment deinen Fokus auf neue Gewohnheiten setzen.

Fungiere als Beobachter im Alltag. Fange mit kleinen Dingen an und weite sie Tag für Tag aus. So wirst du immer mehr Gestalter deines Lebens. Deine Vergangenheit verändert sich so automatisch mehr und mehr. Sie wird für dich neutraler, weil du im JETZT-Moment alle negativen Gefühle und negativen Gedanken wahrnimmst. Durch das Aufschreiben in deinem Lebensbuch, bekräftigt sich dieser Prozess. Erfahrungen, Gefühle und negative Gedanken aufzuschreiben, bewirken in dir, dass du besser loslassen kannst.

In deinem Lebensbuch gibt es die Möglichkeit, negative Gewohnheiten aufzuschreiben. Nutze sie jetzt. Schreibe Gewohnheiten auf, die dir über den Tag hinweg an dir auffallen. Es gibt sicherlich auch positive Gewohnheiten in dir. Es ist schön zu wissen, dass die positiven Gewohnheiten genauso hartnäckig in dir verankert sind.

Schreibe auf, was für gute Gewohnheiten du an dir entdecken kannst, nimm sie bewusst wahr und fühle sie. Vielleicht schaffst du es jetzt schon, Dankbarkeit für deine positiven Gewohnheiten zu empfinden. Du liebst dich dadurch selbst. Eine positive Gewohnheit kann sein, dass du dir genug Schlaf gönnst, damit du dich ausreichend regenerieren kannst. Großartig! Du bekommst immer mehr ein Gefühl für dich, dafür was du brauchst und was dir guttut. Mach es dir zur Gewohnheit, jeden Tag ein bisschen mehr darauf zu achten! Du wirst merken, wie du dich kraftvoller und lebendiger fühlst. Du fängst an, dich mehr und mehr zu lieben!

Das ist dein natürlicher Zustand!

Das Wichtigste zusammengefasst:

- ✓ Jeder Mensch ist hier, um sein ganz eigenes Potential zu entfalten und seine Leidenschaft fürs Leben zu entdecken und das in jeder seiner Zellen zu spüren.
- ✓ Das Leben bedeutet, pure Lebensfreude zu leben.
- ✓ Wahre Lebensfreude kannst du nur in dir tief erleben, wenn du ganz du selbst bist!
- ✓ Jedes Mal wenn du durch Selbstreflexion erkennst, dass du in die alte Gewohnheit fällst, kannst du tief durchatmen und dir bewusst machen, dass du eine neue Gewohnheit wählst.
- ✓ Es braucht Zeit, eine Gewohnheit neu in dir zu verankern.
- ✓ Nimm dir die Zeit, die du brauchst. Ganz in deinem Tempo.
- ✓ Alles geschieht immer zum richtigen Zeitpunkt und zwar dann, wenn du wirklich bereit bist!

- ✓ Wenn du deinen Fokus auf die neue Gewohnheit lenkst, verändern sich deine alten Muster immer mehr, ohne dass du darin rumwühlen musst.

5.2. Gemeinschaft - Verbundenheit - Die Zeit der Einzelkämpfer ist vorbei

Was wäre, wenn du an einem Punkt in deinem Leben wärst, an dem du nicht mehr weiter weißt, weil du vielleicht zu sehr in deinen negativen Gedanken und Gefühlen feststeckst, Menschen um dich herum hättest, die für dich da sind? Die dich einfach in den Arm nehmen und wissen, wie du dich fühlst, weil sie dich kennen und dich genau so lieben, wie du bist? Sie stärken dir den Rücken, weil das in eurem Miteinander einfach ganz normal ist. Was wäre das für ein Gefühl?

Du kennst bestimmt eine Situation aus deinem Leben, als es dir nicht gut ging. Vielleicht hast du gedacht: „Das muss ich alleine schaffen!" Wie oft denkst du, alles alleine schaffen zu müssen? Es tut gut, wenn du dir alles von der Seele reden kannst, was dich bedrückt und dein Gegenüber für dich da ist. Er hört dir einfach zu. Was für ein Gefühl von Stärke hast du, wenn du weißt, du kannst deine

Schritte gehen und seien sie noch so ungewiss, weil Menschen hinter dir stehen, die dich begleiten und unterstützen? Sie würden dir nie einen Vorwurf machen oder dich bewerten. Du hast die Freiheit, dich auszuprobieren und zu entdecken, was für dich möglich ist. Du hast die Möglichkeit, deinen Rucksack vollgepackt mit Potentialen, auszupacken und auszuprobieren. Keiner würde dich auslachen oder schlecht über dich denken. Im Gegenteil, sie würden sich für dich freuen, dass du endlich wieder den Mut hast, verrückte Dinge zu tun. Was wäre, wenn es mit diesen Menschen keinen Konkurrenzkampf gäbe, keinen Neid oder Eifersucht? Was wäre das für ein Leben?

Das wäre ein Leben mit Menschen in tiefer Verbundenheit! Du fragst dich, ob es das wirklich gibt? Die Antwort lautet: JA! Vielleicht wünschst du dir aus tiefstem Herzen genauso zu leben. Eine Sehnsucht, die jeder Mensch tief in sich drin trägt, auch wenn er sie nicht bewusst spürt. Wir Menschen sind soziale Wesen. In Gemeinschaften zu leben, ist unser natürlicher Ursprung! Wie kommen wir auf den Gedanken, dass wir alles alleine schaffen müssen und bloß nicht zu viel Gefühl zeigen dürfen und Streit in Beziehungen ganz normal ist? Einzelkämpfer zu sein, macht tief im Innern unglücklich und strengt an. Du machst alles mit dir selber aus, bekommst keine authentische Reflexion deines Gegenübers und kannst nicht in dir wachsen. Deine Möglichkeiten zur vollen Potentialentfaltung sind begrenzt. Du versteckst deine Gefühle nicht nur vor den anderen, sondern letztlich verschließt du sie auch vor dir selbst. Du möchtest nicht, dass jemand hinter deine Fassade schaut und du verletzlich bist. Vielleicht hast du als Kind erfahren, dass es nicht erwünscht ist, zu viel Gefühl zu zeigen. Vielleicht wurdest du ausgelacht oder es wurde eine gewisse Härte von dir erwartet. „Da musst du durch", hieß es immer! Automatisch entsteht in dir die Vorstellung, dass du nur als Einzelkämpfer dein Leben selbst in die Hand nehmen kannst. Auch heute sehen wir, dass Eltern diese Erwartung an ihre Kinder haben. „Da musst du durch!" „Das musst du jetzt lernen!" Aber wir werden als Teamplayer geboren. Kinder wollen sich von Natur aus immer binden und gemeinsam Ziele erreichen. Sie möchten eigene Erfahrungen sammeln und sich ausprobieren, aber das wollen sie nie alleine tun. Sie kommen nach Hause und erzählen von ihrer Begeisterung. Sie teilen ihre Erfahrungen mit ihrer Bezugsperson. Das tun sie aber nur, wenn sie merken, dass ihnen zugehört wird. Wie oft hören wir uns gegenseitig nicht zu? Sind nur mit einem

Ohr anwesend und eigentlich gedanklich gerade ganz woanders. Kinder spüren das sofort und fühlen sich gekränkt. Sie nehmen diese Kränkung oft persönlich und denken, mit ihnen stimmt was nicht. Sie fangen an, nicht immer alles zu erzählen und zu teilen. Sie ziehen sich in sich selbst zurück! Als Erwachsener kannst du dann deine Gefühle nicht zeigen und redest nicht über Dinge, die dich bewegen.

Wir erleben es oft, dass Paare in ihren Beziehungen nicht mehr miteinander reden. Traust du dich, dich deinem Partner gegenüber wirklich zu zeigen mit allem, was du denkst und fühlst? Die Angst vor Kränkung und alleine zu sein, halten dich davon ab, in Verbindung mit anderen Menschen zu gehen. In Familien gibt es häufig Konflikte, weil sie nicht gelernt haben, miteinander zu reden und sich mit Respekt und Liebe zu begegnen. Auf der Arbeit geht es nur darum, schneller, besser und erfolgreicher zu werden. Egal, ob der andere Schaden nimmt, Hauptsache man selber kommt weiter! Kennst du diese Situationen?

Du hast auch jetzt wieder die Möglichkeit, Situationen in deinem Lebensbuch aufzuschreiben, die dir einfallen.

Wann erlebst du in deinem Leben Verbindungen mit Menschen, die dir nicht guttun? Wie fühlt sich das an und was wünschst du dir? Vielleicht hast du bereits schon Menschen um dich herum, die dir am Herzen liegen und mit denen du diese Verbundenheit lebst. Schreibe auch das gerne in dein Lebensbuch. Vielleicht merkst du, dass es genau die Menschen sind, die momentan auch in einem tiefen Wandel sind und du ihnen schon lange kein offenes Ohr geschenkt hast. Gemeinschaft und Verbundenheit ist etwas, zu dem jeder, der dazu gehört, auch jeden Tag seinen Beitrag leisten darf. Du wirst merken, dass das keine Pflicht in Form von Müssen und Sollen ist, sondern ein Geben und Nehmen. Ein absolutes Gleichgewicht und eine Selbstverständlichkeit für ein gutes, harmonisches Miteinander.

Was braucht es noch für ein gutes Gelingen in einer Gemeinschaft? Bewusstsein! Es kann nur gelingen, wenn jeder, der Teil dieser Gemeinschaft ist, die Verantwortung für sein eigenes Leben übernimmt! Das heißt also, du kennst deinen Fahrplan der Gefühle und Gedanken! Du bist dir bewusst über deine Macht in deinem Leben und weißt, wie du deine eigenen Bedürfnisse erfüllen kannst. Jeder Mensch, der Teil dieser Gemeinschaft ist, trägt seins zum Gelingen der Gemeinschaft bei. Dir ist bewusst, dass niemand anderes in der Gemeinschaft deine Bedürfnisse stillt, sondern du für dich selbst verantwortlich bist. Ihr seid tief verbunden und dennoch ist jeder für sich frei! Für eine Gemeinschaft ist es nicht wichtig, dass ihr alle am gleichen Punkt steht. Es geht darum, dass ihr das gleiche Ziel habt und das Ziel für euch alle einen höheren Sinn ergibt, z.B. eine Firma, die eine Verbundenheit im Team erschaffen will, und das gemeinsame höhere Ziel hat, dass alle Mitarbeiter gleichwertig sind. Der Lehrling steht nicht am gleichen Punkt seiner Reise, wie der, der schon seit 30 Jahren in dem Beruf arbeitet. Aber jeder von ihnen hat seine Stärken und Schwächen. Wenn alle Mitarbeiter es schaffen, sich wirklich für die Verbundenheit zu öffnen, kann jeder von jedem lernen. Sie kommen gemeinsam dem Ziel, dass alle Mitarbeiter gleich wertvoll sind, näher, bis sie es letztlich erreichen. Und das geht nur gemeinsam!

Du kennst bestimmt das alte Sprichwort: Gemeinsam sind wir stark!

Du bist sicherlich auch für dich alleine stark. Aber wenn Menschen, die das Gleiche wollen, sich verbinden und ihre Schritte gemeinsam gehen, potenziert sich ihre Energie. Sie werden noch stärker, als jeder einzeln für sich selbst. Es wird automatisch mehr. Ihr gemeinsam seid dann ein Magnet für die Erfüllung eures höheren Ziels. Ihr könnt das Ziel nicht mehr verfehlen. Das ist unmöglich, denn du weißt jetzt, es gilt immer: Energie folgt der Aufmerksamkeit!

Das Wichtigste zusammengefasst:

- ✓ Wir Menschen sind soziale Wesen. In Gemeinschaften zu leben, ist unser natürlicher Ursprung!
- ✓ Einzelkämpfer zu sein, macht tief im Innern unglücklich und strengt an. Du machst alles mit dir selber aus, bekommst keine authentische Reflexion deines Gegenübers und kannst nicht in dir wachsen.
- ✓ Du versteckst deine Gefühle nicht nur vor den anderen, sondern letztlich verschließt du sie auch vor dir selbst.
- ✓ Wir werden als Teamplayer geboren.
- ✓ Die Angst vor Kränkung und alleine zu sein, halten dich ab, in Verbindung mit anderen Menschen zu gehen.
- ✓ Gemeinschaft kann nur gelingen, wenn jeder, der Teil dieser Gemeinschaft ist, die Verantwortung für sein eigenes Leben übernimmt!
- ✓ Ihr seid tief verbunden und dennoch ist jeder für sich frei!

- ✓ Wenn Menschen, die das Gleiche wollen, sich verbinden und ihre Schritte gemeinsam gehen, potenziert sich ihre Energie. Sie werden noch stärker, als jeder einzeln für sich selbst.
- ✓ Gemeinsam seid ihr ein Magnet für die Erfüllung eures höheren Ziels.

5.3. Sicher ans Ziel - Dein ultimativer Motivationsplan für jede Lebenssituation!

Dein Motivationsplan gibt dir deinen roten Faden, damit du dich nicht verzettelst. Du kannst deine Schritte gezielter setzen und hast immer den Überblick! Wenn du diesen Plan wirklich für dich nutzt, fällst du nicht mehr in alte Gewohnheiten zurück und kommst sicher ans Ziel. Es gibt eine spielerische Möglichkeit, bewusster im Umgang mit dir zu sein, ohne Aufwand, ohne mehr Zeit und sehr effektiv. Alles, was du in diesem Buch erfahren hast, darf sich leicht in deinen Alltag integrieren. Zu jeder Zeit und in jedem Moment. Es reicht nicht, sich einmal kurz am Tag mit deinem inneren Beobachter auseinanderzusetzen. Es ist eine Entscheidung fürs Leben.

Wie kann Motivation gelingen und was braucht es dazu?

Aus Erfahrung können wir sagen, dass wahre Motivation von deiner inneren Begeisterung entspringt, wirklich etwas bewegen zu wollen. Du weißt, wie wichtig es ist, eine Entscheidung zu treffen. Treffe sie jetzt zu 100 %.

Wir zeigen dir eine einzigartige Möglichkeit, wie du mit jedem Tag bewusster wirst und deinem Ziel näher kommst! Starte jetzt!

Gehe an deinen Geldbeutel. Nehme 3 x 1 Cent Stücke heraus. Das sind deine Glücks Coins! Nehme sie in deine Hand und spüre nochmal kurz, wie es sich für dich anfühlt, an deinem ersehnten Ziel zu sein. Nun stecke die Geldstücke in deine linke Hosentasche. Es ist gut, wenn du dich erst einmal nur einem Thema widmest, denn du weißt, wie hartnäckig deine alten Gewohnheiten sein können. Es braucht viele Wiederholungen, bis dein Gehirn die neue Gewohnheit einprogrammiert hat. Bleibe mindestens 1 Woche bei einer Etappe und wenn du Freude hast auch gerne länger.

Im Lebensbuch findest du Platz, um deinen ganz persönlichen Motivationsplan umzusetzen!

Der ultimative Motivationsplan für jede Lebenssituation!

1. Etappe

Negative Gedanken erkennen, Gefühle beobachten, Gedanken verändern und neues Gefühl erleben.

Sei dein eigener Beobachter in deinem Alltag! Beobachte und erkenne deine Gedanken und auch welches Gefühl daraus resultiert. Du darfst jetzt entscheiden, welchen Gedanken du lieber denkst und welches Gefühl du ersetzen möchtest. Du denkst z.B., du schaffst das nicht! Du fühlst dich dadurch machtlos! Erkenne und frage dich: Ist das wirklich wahr? Könnte es sein, dass sich eine alte Prägung in dir zeigt? Erinnere dich: Du bist Gestalter deines Lebens. Ein neuer Gedanke, den du wählst, könnte sein: „Ich schaff das!" Es geht hier nicht darum, dass du diesen Gedanken sofort glaubst und dich richtig gut damit fühlst, sondern dass du anfängst, deinen Blickwinkel bewusst auf den positiven Gedanken zu richten. Je öfter du positiv denkst, je mehr wirst du es glauben und ein positives Gefühl entsteht mehr und mehr von selbst.

Wenn du einen Gedanken erkannt hast und bewusst verändert hast, nimm einen Coin aus deiner linken Hosentasche und gib ihn in die rechte Hosentasche. Du hast eine bewusste Wahl für dich getroffen! Super, freu dich und klopf dir auf die Schulter!

2. **Etappe**

Erkenne und erfülle deine Bedürfnisse - was brauchst du gerade wirklich?

Gehe ganz bewusst in den Tag und erkenne, was du wirklich brauchst. Hast du Bedürfnisse? Ein Beispiel, du bist bei der Arbeit, fühlst dich gestresst und könntest einen kurzen Moment deine Aufmerksamkeit gebrauchen. Vielleicht brauchst du einfach mal frische Luft, ein paar tiefe gute Atemzüge und danach eine Tasse Tee? Das tut so gut und du wirst mit neuem Elan weiterarbeiten können. Schenke dir deine ganz persönliche Aufmerksamkeit und wenn du diesen Schritt beendet hast, nehme einen Coin aus deiner linken Hosentasche und gib ihn in deine rechte Hosentasche. Freu dich, du hast dich gerade bewusst wahrgenommen und bist dir wieder ein Stück näher gekommen.

3. Etappe

Selbstliebe lernen - mehr Achtsamkeit im Alltag

In diesem Schritt darfst du lernen, dir mehr Achtsamkeit und Liebe zu schenken. Wie wäre es, dir beim Aufstehen ein Lächeln zu schenken und dir einen wundervollen Tag zu wünschen? Dir zu sagen, dass du gut bist, so wie du bist? In dieser Übung übst du einen liebevollen Umgang mit dir selbst und beobachtest, in welchen Momenten du dich selbst kritisierst. Nimm wahr und schenke dir die Aufmerksamkeit! Ist es dir gelungen, nehme einen Coin aus der linken Hosentasche und platziere ihn in der rechten Hosentasche. Spüre, wie gut es sich anfühlt!

4. Etappe

Höre, was dein Herz dir sagt und wecke die Intuition in dir.

Spüre öfters am Tag in dein Herz hinein und fühle, ob es dir gut geht. Ist das, was du denkst und tust mit deinem Herzen kompatibel? Ein Beispiel, du sitzt im Restaurant und bestellst dir einen Salat, so wie meistens. Was würde dein Herz dazu sagen? Vielleicht eher Gemüsebratlinge mit Pommes und Soße oder strahlt dein Herz mit Salat?

Beobachte und lerne, deinem Herzen zu folgen. Folge deiner Intuition und esse genau das, was dein Herz will und genieße deine Entscheidung. Mit jeder Herzensentscheidung nehme wieder einen Coin aus deiner linken und lege ihn in die rechte Hosentasche. Nach und nach wirst du merken, dass deine Stimmung sich verändert. Du fühlst dich leichter und deine AHA-Erlebnisse motivieren dich, weiterzumachen. Du wirst merken, dass du nach einiger Zeit gar nicht mehr anders willst, als bewusster durch den Tag zu gehen. Warum? Einfach, weil es guttut.

Du hast nicht mehr das Gefühl, nur noch für andere zu funktionieren, sondern bist jetzt zu jeder Zeit am Tag bewusst mit dir zusammen. Eine Erfahrung, die so einmalig und großartig für dich ist, dass du immer weitermachst, um deine 100 % Lebensglück endlich zu leben! Stell dir mal vor, du machst diesen Motivationsplan über 1 Jahr lang. Wie würde sich dein Leben verändern? Du hast dann endlich deine innere Kraft voll entfalten, lebst dein Potential und die Lebensfreude ist dein natürlicher Zustand!

5.4. Was du jetzt noch brauchst, um deine 100 % Lebensglück zu leben

Langsam kommen wir zum Ende dieses Buches. Dieses Buch hat dich durch viele Etappen deines Lebens geführt. Du hast so manches erfahren, erkannt und in dein Lebensbuch geschrieben. Was gibt es jetzt noch für dich zu tun? Was brauchst du noch, um dein Traumleben, deine 100 % Lebensglück zu leben? Es braucht die Bereitschaft, zu 100 % dein Leben voll auszukosten! Alles aus dir rauszuholen, was gelebt werden will. Die 100 % nur DU! Die Vision in dir, dass du zu 100 % du selbst sein kannst und darfst. Frei von Prägungen, negativen Glaubenssätzen, Selbstzweifel und Schuldgefühlen. Die Vision, zu 100 % deine Potentiale zu leben und dir zu 100 % erlauben, dass Leben zu genießen.

Nimm jetzt dein Lebensbuch in die Hand und sei tief ehrlich zu dir. Wie viel Lebensglück erlaubst du dir im Moment im Leben? Schreibe es auf!

Vielleicht ist es an diesem Punkt Zeit, dass du einmal grundsätzlich über dein Leben nachdenkst. Atme einmal kurz tief durch!

Warum 100 % und nicht weniger? Weil weniger dich auf Dauer nicht vollkommen glücklich macht! Du lebst dann einfach nur normal weiter. Normal zu sein, bedeutet nämlich, dass du morgens aufwachst und dein Bewusstsein weiter schläft. Dir ist nicht bewusst, was gerade geschieht, wie das Leben funktioniert und wer du wirklich bist. Die Zeit rauscht nur so an dir vorbei und du hast dich innerlich damit abgefunden, dass dein Leben halt so ist, wie es eben gerade so ist. Es lässt sich ja doch nicht ändern und so bist du halt einfach zufrieden. Willst du wirklich einfach nur zufrieden sein oder dir selbst den Sinn deines Lebens zurückgeben? Was wäre, wenn du dich dafür entscheidest, einfach etwas Verrücktes zu tun? Was wäre so schlimm daran? Wäre es überhaupt schlimm?

„Das Leben ist zu kurz um normal zu sein. Sei verrückt!" stammt von Pippi Langstrumpf

---

Die Frage ist also: Bist du bereit für deine 100 % Lebensglück? Wie wäre es, wenn du von deiner Norm abrückst?

Dein Herz wird wieder der Chef und dein Verstand dein motivierter Mitarbeiter! 100 % Lebensglück ist eine Bewusstseinshaltung, in der Herz und Verstand im Einklang sind. Aus dieser inneren Haltung heraus, erschaffen sich deine Glücksmomente von allein. Du brauchst sie nicht mehr im Außen zu suchen! Oft kommen Teilnehmer auf uns zu und fragen uns, ob es dieses Traumleben auch für sie gibt. Gibt es die 100 % Lebensglück für jeden? Ja, die gibt es! Jeder Mensch hat das Potential in seinem Rucksack für die vollen 100 % Lebensglück. Auch DU! Eine Seifenblase würde sofort platzen, wenn sie nicht zu 100 % dicht wäre. Sie braucht die 100 %, um fliegen zu können. Ein Marathonläufer muss zu 100 % fit sein, damit er seine Strecke schafft und sein Ziel erreicht! Ein Arzt bei einer Operation muss zu 100 % konzentriert sein, sonst könnte die Operation schwere Folgen anstatt Nutzen haben. Und genauso brauchst auch du deine 100 %, um dein Traumleben zu leben! Dann wirst du erkennen, dass du in allen Bereichen deines Lebens die 100 % mehr und mehr von selbst lebst. Sei es dir Wert, das Beste aus deinem Leben zu machen! Ganz nach dem Motto von Pippi Langstrumpf: „Ich mach mir die Welt, wie sie mir gefällt!"

Mach dir nochmal bewusst: Du hast in jedem Moment und in jeder Lebenslage den freien Willen und kannst dein Leben gestalten, wie es dir gefällt! Dein Leben wartet darauf, von dir entdeckt zu werden. Niemand anderes kann das für dich übernehmen. Nur du kannst deinem Leben die Richtung zeigen. Es liegt in deiner Hand! Kommen Probleme und Herausforderungen auf dich zu, weißt du, dass es für dich immer einen Weg gibt, weil du weißt, dass 100 % Lebensglück immer das Optimale für dich sind! Du hast es so gewählt!

Überlege dir jetzt, was deine 100 % Lebensglück sind. Nutze dafür dein Lebensbuch. Schreibe auf, was dich glücklich macht, was dein Traumleben beinhaltet und wie du dich selbst gerne jeden Tag wahrnehmen und fühlen möchtest.

Dein Lebensglück zu leben, zaubert dir täglich ein Lächeln ins Gesicht. Du erlebst verzauberte Momente und kleine Feuerwerke der Freude in dir.

Sei nicht normal, sei genial! Wir wissen beide aus unserem eigenen Leben, dass es Mut braucht, um sich die vollen 100 % Lebensglück zu erlauben. Angst, es könnte dann doch nicht so kommen, hindert dich wirklich daran, diese

Entscheidung aus tiefem Herzen zu fällen. Wir wissen, dass es sich lohnt. In 70 % zu verharren, wird dir niemals die Antwort darauf geben, was möglich wäre, wenn du wirklich die 100 % Lebensglück leben würdest. Wie würde sich das wirklich für dich anfühlen, wenn du es tatsächlich erlebst und es dir nicht nur erdenkst? Es wird deine Erwartungen sprengen! Das versprechen wir dir!

Wenn du jetzt das Gefühl hast: „Ja, genau das will ich!", dann gibt es für dich die geniale Möglichkeit, von uns begleitet zu werden! Wir geben deiner ganz persönlichen Erfolgsgeschichte den richtigen Schwung, sodass du gar nicht mehr anders kannst, als in die Umsetzung zu gehen geradewegs in Richtung 100 % Lebensglück. In unserem Bewusstseinscoaching bilden wir eine Gemeinschaft, die über mehrere Wochen lang zusammen ihre Reise antritt. Diese innere Reise holt dich da ab, wo du gerade stehst. Sie führt dich direkt in die Selbstliebe hinein, wo sich dein Potential und deine Berufung öffnet und du deine innere Kraft entfalten kannst!

Besuche uns auf https://lebe-lebensfreude.com/ und lerne uns bei einem unverbindlichen Gespräch kennen.

Fühle dich persönlich berührt und erfahre, was möglich ist! Du bist der Meister deines Lebens!

6. Danksagung

6.1. Birgit

Größten Dank gilt meinen Eltern. Ihr seid immer für mich da und habt mich in jeder Lebenssituation unterstützt, ohne euch jemals aufzudrängen. Eure Aufrichtigkeit und Liebe haben mich sehr geprägt und ohne euch wäre ich nicht das, was ich heute bin. Ich danke euch für das Wertvollste, was ich besitze, mein eigenes Leben!

Danke dir, liebes Bruderherz, du hast nie Zeit und dennoch habe ich das Gefühl, du bist immer für mich da.

Ich bin zutiefst dankbar für die kostbarste Erfahrung, 3 wundervolle Kinder zu haben. Eure Einzigartigkeit ließ mich wachsen und ich durfte die wohl größte Erfahrung meines Lebens machen. Bedingungslos zu lieben. Ihr habt einen großen Platz in meinem Herzen.

Einen großen Dank an dich, mein bester Freund und Partner an meiner Seite. Bei dir kann ich einfach sein, wie ich bin. Du schenkst mir dein 100%-iges Vertrauen und stehst in jeder Lebenslage kraftvoll an meiner Seite.

6.2. Regina

Liebe Mama, ich bin dir von Herzen dankbar, dass ich dich hab. Du bist einfach immer für mich da und unterstützt mich mit allem, was dich so großartig macht! Du hast mir immer den Rücken gestärkt und an mich geglaubt!

Ich bin unendlich dankbar für meinen wundervollen Ehemann. Du bist die starke Schulter in meinem Leben und hast immer meinen Weg unterstützt. Durch dich habe ich viele Seiten vom Leben kennengelernt, die ich sonst nie entdeckt hätte! Danke, dass du an meiner Seite bist und wir eine so tolle Familie haben!

Ich danke meinen Kindern, die einfach großartig sind und mein Leben zutiefst bereichern. Jeden Tag lerne ich von euch mehr über mich kennen!

Ich liebe euch!

6.3. Gemeinsame Danksagung

Wir danken unseren Klienten und Teilnehmern, die uns über viele Jahre begleiten. Wir können von euch viel lernen und daran wachsen.

Danke für euer Vertrauen!

Wir beide sind dankbar für unsere Gemeinschaft und dafür, dass wir uns gegenseitig Vertrauen schenken! Es ist einfach schön, dass wir uns haben und unsere Erfahrungen miteinander teilen können!

Liebe Gabriele, danke fürs Türen öffnen.

Wir lieben DICH!

Die professionelle Marketingunterstützung hat uns bestens begleitet. Vielen Dank ans ganze Team.

7. Über uns

Birgit Policarpo

52 Jahre, Mutter von 3 bereits erwachsenen Kindern. Als Masseurin und Heilpraktikerin blicke ich auf 30 Jahre Berufserfahrung zurück. Seit 20 Jahren bin ich in eigener Naturheilpraxis tätig. Mit viel Herzblut und Liebe begleite ich Menschen in Coachings und Seminaren, ihre innere Kraft zu entfalten und die Liebe zu sich selbst wieder zu entdecken. Es gibt leichte und bewusste Wege, negative Gedanken zu stoppen und wieder in die natürliche Lebensfreude zurückzufinden. Aus tiefer Überzeugung und eigenen Erfahrungen weiß ich, dass jeder es schaffen kann, egal wo er gerade steht. In jedem von uns ruht ein Schatz, unerschöpfliche Kraft und Liebe. Entdecke sie und werde frei.

Regina Dieterle

35 Jahre, Mutter von 4 Kindern und glücklich verheiratet. Ich bin Gesundheits- und Krankenpflegerin und habe mit 24 meine eigene Praxis als Heilpraktikerin eröffnet. In Se-

minaren und Coachings begleite ich Menschen, ihr Potenzial zu entfalten und ihre Berufung zu leben, wieder mit sich selbst in Kontakt zu kommen und ihr Herz für die bedingungslose Liebe zu öffnen. Es braucht keine Schwere, um Blockaden und Glaubensmuster zu lösen. Veränderung kann und darf leicht und mit Freude geschehen. Ich zeige Wege auf, wie jeder, der sich dafür entscheidet, sein ganz persönliches, vollkommenes Glück leben kann.

Copyright © 2022

Name: Policarpo & Dieterle GbR

Adresse: Hauptstraße 7, 77716 Haslach im Kinzigtal

Web: https://lebe-lebensfreude.com/

E-Mail: info@lebe-lebensfreude.com

Dieses Werk ist urheberrechtlich geschützt.

Alle Rechte, auch die der Übersetzung, des Nachdrucks und der Vervielfältigung des Werkes oder Teilen daraus, sind vorbehalten. Kein Teil des Werkes darf ohne schriftliche Genehmigung des Verlags in irgendeiner Form (Fotokopie, Mikrofilm oder einem anderen Verfahren), auch nicht für Zwecke der Unterrichtsgestaltung, reproduziert oder unter Verwendung elektronischer Systeme verarbeitet, vervielfältigt oder verbreitet werden.

Die Wiedergabe von Gebrauchsnamen, Handelsnamen, Warenbezeichnungen usw. in diesem Werk berechtigt auch ohne besondere Kennzeichnung nicht zu der Annahme, dass solche Namen im Sinne der Warenzeichen- und Markenschutz-Gesetzgebung als frei zu betrachten wären und daher von jedermann benutzt werden dürfen. Trotz sorgfältigem Lektorat können sich Fehler einschleichen. Autor und Verlag sind deshalb dankbar für diesbezügliche Hinweise.

Die in diesem Dokument enthaltenen Informationen dienen nur zu Bildungs- und Unterhaltungszwecken. Es wurden alle Anstrengungen unternommen, um genaue, aktuelle, zuverlässige und vollständige Informationen zu liefern. Die Leser erkennen an, dass der Autor keine rechtlichen, finanziellen, medizinischen oder professionellen Ratschläge erteilt. Durch das Lesen dieses Werkes stimmt der Leser zu, dass der Autor unter keinen Umständen für direkte oder indirekte Verluste haftet, die durch die Verwendung der in diesem Dokument enthaltenen Informationen entstehen, einschließlich, aber nicht beschränkt auf Fehler, Auslassungen oder Ungenauigkeiten. Jegliche Haftung ist ausgeschlossen, alle Rechte bleiben vorbehalten.

Auflage 1

Autor: Birgit Policarpo und Regina Dieterle

Cover Bild: Robert Gutmann

Printed in Germany
by Amazon Distribution
GmbH, Leipzig

26101344R00113